一頁 folio

始 于 一 页 ， 抵 达 世 界

温　柔
的
确定性

HALINA POŚWIATOWSKA · *wiersze wybrane*

［波兰］哈丽娜·波希维亚托夫斯卡 著

李以亮 译

GUANGXI NORMAL UNIVERSITY PRESS

广西师范大学出版社

·桂林·

图书在版编目（CIP）数据

温柔的确定性/（波兰）哈丽娜·波希维亚托
夫斯卡著；李以亮译.——桂林：广西师范大学出版
社，2022.9
　ISBN 978-7-5598-5197-0

　Ⅰ.①温… Ⅱ.①哈… ②李… Ⅲ.①诗集－
波兰－现代 Ⅳ.①I513.25

中国版本图书馆CIP数据核字（2022）第129102号

WENROU DE QUEDINGXING
温柔的确定性

作　　者：（波兰）哈丽娜·波希维亚托夫斯卡
译　　者：李以亮
责任编辑：谭宇墨凡
特约编辑：王韵沁
装帧设计：山　川
封面摄影：邢　磊
内文制作：陆　靓

广西师范大学出版社出版发行

　广西桂林市五里店路9号　邮政编码：541004

　网址：www.bbtpress.com

出版人：黄轩庄

全国新华书店经销

发行热线：010-64284815

北京九天鸿程印刷有限责任公司

开本：787mm×1092mm　1/32

印张：12.5　　字数：40千字

2022年9月第1版　2022年9月第1次印刷

定价：68.00元

如发现印装质量问题，影响阅读，请与出版社发行部门联系调换。

译者序
向死而生的诗人与诗

李以亮

哈丽娜·波希维亚托夫斯卡（Halina Poświatowska，1935—1967）是波兰著名诗人，也是波兰战后文学重要的代表人物之一，她的抒情诗感动无数，也备受人们的喜爱与称赞。波希维亚托夫斯卡英年早逝，生前出版的作品不多，主要有诗集《手的颂歌》《又一个回忆》等，反而是在她去世之后，波兰国内出版了她的多种诗集，其中最重要的是四卷本《选集》，头两卷为诗歌作品，包括近五百首抒情诗。1997年，为纪念诗人逝世30周年，诗集《是的，我爱》在克拉科夫出版，为波兰语和英语双语对照，收录了波希维亚托夫斯卡以爱情诗为主的作品。在诗人去世后的半个多世纪里，她的作品被翻译成包括英语、立陶宛语、法语、意大利语、波斯语等多种语言在世界各地出版。

波希维亚托夫斯卡,本名海伦娜·梅加(Helena Myga),出生于 1935 年 5 月 9 日,这既是季节的春天,也是年轻的波兰共和国的春天。1918 年波兰复国(史称第二共和国),社会整体上洋溢着一种欢欣鼓舞、积极向上的气氛。自此直到第二次世界大战爆发的二十余年,是波兰诗歌活跃而兴盛的一个时期,以华沙和克拉科夫为中心,各类传统、先锋派的诗歌团体形成,涌现了波兰现代诗歌史上不少著名的诗人。而波希维亚托夫斯卡出生时,波兰社会正在发生巨大变化,社会经济出现危机,法西斯威胁与战争风险也越来越严重。

波希维亚托夫斯卡出生的地方是琴斯托霍瓦(Częstochowa),位于波兰南部,属西里西亚省,它的历史可追溯至 13 世纪。波希维亚托夫斯卡天生丽质,聪颖敏感,本来应该有一个非常美好的前途与未来。不幸的是,1939 年战争的爆发给她带来了厄运。她虽然在战争中活了下来,却在九岁那年的冬天，因为长时间受冻而心脏严重受损。战争结束后，她先后到首都华沙和克拉科夫求学，但是由于患有严重的心脏病，波希维亚托夫斯卡不得不寻求有效的治疗。而由于她的身体太过虚弱，乘坐飞机对她也是一个巨大的考验。1958 年，她乘船抵达美国费城，准备在那里接受心脏外科手术的治疗——好心的波兰人和波兰侨民为她募捐了一切费用。当时手术十分成功，恢复也很迅速。更令人惊奇的是，年轻的波希维亚托夫斯卡执意选择留在美国继续求学。她很快被位于马萨诸塞州的著名院校史密斯学院录取，虽然那个时候她还不能熟练地使用英语，却在仅三年的时间内完成了全部课程的学习并取得硕士学位。1961 年，她获得了一个全额奖学金的机会，本来可以在斯坦福大学哲学系继续攻读博士学位，但她放弃了机会，毅然选择回国。在她的诗里，多处可见流露出的思乡之情。

回到欧洲后，波希维亚托夫斯卡短暂地游历了巴尔干半岛和其他一些国家，最终回到克拉科夫。克拉科夫是欧洲最古老的城市之一，也是波兰第二大城市，教育处于领先地位。她在著名的雅盖隆大学注册，准备继续进行她的学术研究，攻读博士学位——她研究的领域是分析哲学。然而，终其一生，波希维亚托夫斯卡都生活在心脏病的阴影下。她常常感到呼吸困难，胸部疼痛，需要充分的卧床休息。但为了增强体质，锻炼心脏活力，她经常在楼梯上做跳跃练习。波希维亚托夫斯卡没有沉溺于身体和精神的困苦，她渴望生活。这不仅可从她当时创作的诗歌和写给友人的书信中得到证实，也是跟她有过交往的人对她共同的评价。在治疗期间，波希维亚托夫斯卡在一所疗养院里遇到了一个晚期病人，他叫阿道夫·波希维亚托夫斯基（她婚后的姓氏即因此而来），他们相爱并结婚，但是她的丈夫在两年后病故。波希维亚托夫斯卡深感悲痛，把爱深藏进内心和诗歌之中。她写下了大量动人的抒情诗，它们也构成了波希维亚托夫斯卡全部作品里最丰富、最深刻的一部分。依靠性格里的坚韧，波希维亚托夫斯卡重新开始生活，诗歌写作也没有停止。如果认真阅读她这个时期的诗歌，甚至不难发现其中某些明亮的色彩。与她同代人的写作相比，波希维亚托夫斯卡在诗歌的敏感性、力量等方面均不逊色。她出版了诗集，虽然不多，却很快成为当时波兰著名的诗人。然而，不幸的是，1967年10月，波希维亚托夫斯卡不得不在华沙再次接受心脏外科手术，不久由于术后并发症告别了人世，年仅32岁。

波希维亚托夫斯卡的精神主要成长于战后，她开始写作的时候幸运地赶上了波兰社会"解冻"的时期。战后初期的波兰，诗歌出现了许多问题，老一代诗人许多受到批判，少数仍然能够写作的诗人又在坚持固有风格和适应新环境方面遇到冲突，新一代诗人虽然初展才华，但还没有找到自己真正的声音。转折发生在1956年，其时社会和文学方面都出现了一个史称"解冻"的新时期，波兰文坛很快便显示出百花齐放的迹象，出现了鲁热维奇、赫贝特等后来具有国际影响力的大诗人。这些应该说只是波希维亚托夫斯卡开始诗歌之旅的外部环境，而波希维亚托夫斯卡的诗歌写作最明显的特征是个人性，甚至私人性，而非政治性。

　　笔者认为，波希维亚托夫斯卡最动人的地方，是她诗歌里穿透死亡阴影的顽强生命力，她是一位真正向死而生的诗人。如果将她与中国读者比较熟悉的北欧女诗人索德格朗进行一个简单的比较，不难发现，这两位女诗人都生活在严重的疾病和死亡的威胁之下。但从索德格朗的诗作来看，她似乎一直徘徊在死亡的阴影里，虽然也不乏生命力和反抗意志，正如已有论者指出的，索德格朗依靠的武器是尼采哲学，如同尼采终究不脱悲观主义，索德格朗在大多数时候也笼罩在阴郁、迷茫的阴影之中。然而悲观主义，至少诗歌的悲观主义，却是波希维亚托夫斯卡明确拒绝和反对的。她看到艾略特诗歌的流行和影响，写诗说："悲观主义疯狂蔓延 / 驯化我们的思想 / 如野草驯化地球之表面。"她还语带讽刺："你可以 / 从当代诗歌的各种选集 / 和超过三十岁的那些人眼中 / 清楚发现这一点。"

　　然而，波希维亚托夫斯卡借以反抗悲观主义的，不是简单的乐观主义，毋宁说是某种"严肃的乐观主义"（萨特语）。作为一名极其尊重个体感受之真

实的诗人，在她的诗歌里，所有来自生活和经历的
细节与体验，无不浸透着活生生的疼痛、挣扎和反
抗，体现出诗人"可以被战胜但不能被打败"的信念。

　　她的一首无题诗，这样写道：

如果我伸出双手

尽力伸

我将触及负载电流的

铜线

我将迸作一阵雨

灰烬一样

落下

物理是真实的

圣经是真实的

爱是真实的

真实的是痛苦

一切都是真实的，连同死亡的疼痛。不难想到，这应该是作者在情绪极度低落，甚至有了自杀冲动的瞬间写下的一首短诗；诗人并非如有的研究者所认为的，从未产生过自杀性的意图，而是以肯定生命的非常的热情，否定了自杀的念头。尼采曾在自传中写道："正是在我的生命遭受极大困苦的那些年，我放弃了悲观主义，自我拯救的本能不允许我有怯懦的软弱的哲学。"我们知道，尼采虽然最终走向了他的"强力意志"的超人哲学，却依然打上了浓厚的悲观主义的底色。作为诗人以及研究分析哲学的学者，波希维亚托夫斯卡坚持的正是她借以对抗死亡阴影的生活的热情。这种热情，正是"使艺术家忘怀人生劳苦的那种热情"，是"艺术家的优点"。（叔本华语）它也正是波兰诗人扎加耶夫斯基后来宣称要捍卫的热情。

以译者对波希维亚托夫斯卡诗歌的了解，她极重视用词的简洁和新颖，同时，对于意象的选取，尤其注重使其浸透个人的感觉，追求独特、鲜活的意象，以造成陌生化的效果。而陌生化的分寸也是

极其重要的，过分的陌生必然导致晦涩和古怪。波
希维亚托夫斯卡显然十分清楚这一点。因此她诗歌
的风格整体上是不晦涩的，相反，多以质朴、清新、
诚挚的格调取胜。她的诗也没有受到那个时期激进
女权主义以及后现代主义各种思潮的影响。她的诗
是扎根于波兰诗歌和文化土壤的艺术之花。我相信
读者不难清楚地从她的作品里感受到这些，在此不
多赘言。

有研究哈丽娜·波希维亚托夫斯卡的学者认为，
如果她的写作不被死亡中断，赢取诺贝尔文学奖也
不是一个太过大胆的假设。当然，假设终究是假设。
但是，为波兰赢得诺贝尔文学奖的另一位女诗人，
一贯惜墨如金的辛波斯卡，却为纪念这位才情卓异、
过早离世的杰出同胞，写过一首题为《自体分裂》
的诗，全诗如下：

> 遇到危险，海参便将自身一分为二。
> 它将一半弃予饥饿的世界，
> 而以另一半逃脱。

猛然一下分裂为死亡与得救，
惩罚与奖赏，一部分是过去一部分是未来。

一道深渊出现在它的躯体中间，
两边立刻成为陌生的国境。

生在这一边，死在另一边，
这边是希望，那边是绝望。

如果有天平，秤盘不会动。
如果有公道，这就是公道。

只死需要的部分，不过量，
再从残体中，长回必要的。
我们，也能分裂自己，真的。
只不过分裂成肉体和片段的低语。
分裂成肉体和诗歌。

一侧是嗓门，一侧是笑声，

平静，很快就消失。

这边是沉重的心，那边是非全死——

三个小小的词，仿佛三根飘飞的羽毛。

深渊隔不断我们。

深渊围绕我们。

（李以亮译）

　　在这首诗中，辛波斯卡的情感是一如既往的节制，但是我们不难感觉到她对早逝的诗人的欣赏与怀念。死亡的深渊围绕我们，死亡的深渊却隔不断我们。笔者在对辛波斯卡和波希维亚托夫斯卡诗歌的对比研读中，也发现一个有趣的现象，即两位诗人的某些作品具有很强的"互文性"，比如辛波斯卡的《一间空屋子里的猫》与波希维亚托夫斯卡的《蝴蝶怎么办⋯⋯》在构思与诗核上都非常神似。笔者有理由推测，波希维亚托夫斯卡很可能在某些时刻启发过辛波斯卡。例子不止这一个，读者不妨从此角度发掘研究，我想会有助于形成对"波兰诗派"的整体认识。另外，我一直认为，较之读到一些不错的诗歌文本，读一个真实而富于魅力的人，似乎更值得期待。在我看来，波希维亚托夫斯卡便首先是一个令人喜爱，甚至大可推崇的极具魅力的人。也许正因为如此，作为一个诗人，她尤其值得研究和欣赏。

在波希维亚托夫斯卡去世后，她的诗歌在国内外的影响力丝毫没有降低的迹象，其诗歌遗产不只限于被诗歌爱好者追捧，也在逐步为诗歌界专家、学者与诗人所重视。此前我也留意到少量汉语翻译的波希维亚托夫斯卡诗歌。十多年前，我从互联网上读到她诗歌的英译时曾转译过一些，最近几年在国内的诗歌刊物上陆续发表了四五十首，得到不少诗人和读者的喜爱、鼓励。最集中的翻译工作是在前年，半年多的时间里我翻译了四百多首，是波希维亚托夫斯卡正式诗集所收录的作品的全部，去年我又补译了几十首她的两卷本选集外的诗歌。现从全部所译诗歌里面，挑选出代表诗人作品的风格特点、整体水准的二百多首诗歌，希望能够呈现出诗人清晰的风貌。我对诗歌翻译的基本要求是"以诗译诗"，如果把诗翻译得不像诗，准确说，读起来味同嚼蜡，失去诗性，那一定是失败的。我希望以诗译诗，在忠实的大前提下，追求神似而不仅仅流于形似，这很难，但我愿以此要求自己。由于水平有限，虽然我想我已尽力而为，但究竟做得怎么样，还是有待各方面读者的检验。在此，敬请读者诸君批评指正。

目 录

辑一
我是朱丽叶

辑二
手的颂歌

辑三
我喜欢写诗

辑四
叫我的名字

辑五
是的，我爱

辑一
我是朱丽叶

爱洛伊丝

爱洛伊丝[*]没有罪

爱洛伊丝没有戴面纱

爱洛伊丝没有睡在河里

她带着金色的赤裸

在尘土覆盖的街上

巨大的松树——在她面前死去

唱颂：和散那[**]

爱洛伊丝——一枝绿色的茎

爱洛伊丝——一朵花的蓓蕾

爱洛伊丝——一棵憔悴的樱桃

被沉沉果实压弯匍匐在地

---

[*]　爱洛伊丝是阿伯拉尔的情人。皮埃尔·阿伯拉尔（1079—
1142）为法国神学家，著有自传《劫余录》。

[**]　希伯来语圣经赞美上帝时的呼语。

和散那——他们呼喊——和散那

然后，他们抬起洁白的爱洛伊丝
给她蒙上洁白的面纱
把她浸没在一条悲伤的河里

爱洛伊丝柔滑的金色身体呵

——和散那——

舞蹈的尼娜

尼娜为何死去

在阁楼潮湿的床单中间

她把脖子

用晾衣绳

环绕颈项

死亡来临时

她还在朝小窗子外看

紫色——金色

金色——紫色，仿佛孤独

尼娜死了

她死了

一只蝙蝠坐在尼娜的头发上

戏弄着她空洞的双眼——它在想

这是一个人——它在想

这是死了的尼娜

挂在一根晾衣绳上

当她用臀部磨蹭丝绸的时候

那些肌肉发达的男人

看着她握紧拳头

他们的脸就像太阳的底片

仿佛就要绽放出

光芒

她穿着高跟鞋

踮起脚尖

漫步，手心攥着

一首歌、一阵风

踮起脚尖

她舞蹈

每只乳房

都孤独

更深处

一颗被雕刻成三角形的心脏

血液的迂回

消退

流动

扭曲她的脖子

臀部

慵懒地摇曳

臀部

在相同的运动里

永远上翘着

永远

沉睡着

就像腹部

一个腹部的故事

一个被抬高的故事沉寂下来

一个声音

一个诱人的声音

一个拒绝的声音

一个使肌肉绷紧的声音

述说着蜡黄的身体表面

突然的收缩扭曲

一个因无数亲吻窒息的声音

一个哭泣的

声音的动物

嘴唇肿胀

衣服鼓起

双手紧攥

大张着嘴——双手

和双脚，那双脚——就像

一个令人窒息的逼仄的梦

尼娜在绳子上舞蹈

一根普通的晾衣绳

尼娜死了，噢，我问，为什么

她的脖子那样漂亮

双腿就像合唱

我爱你的歌词

"我们不相信地狱……" *

我们不相信地狱

不相信舞蹈的火

我们是女人我们是火花

每个夜晚昏昏欲睡的星辰

都在镜子里张望我们的脸

我们是深渊我们是世界

散发硫黄和焦油的气味

（也有烈酒的芬芳）

在温柔的拥抱里我们爱抚

来自地狱和天堂的人

谁会诅咒我们

倘若我们自己不以狂笑诅咒

---

* 诗人原诗多无标题，现以第一行代替。下同。

不要用手触摸我们

不要用手指我们

小巷里

逝去的夜的影子

——街灯在跳舞——

我们的赤脚，叮叮当当

在一枚小小的银币似的月亮下

（也有烈酒的芬芳）

在正午的太阳下

金黄色的茸毛

铜红色的茸毛

毛蕊花裹着它的脖子

在黝黑的大地上

露出绿色的胸脯

不知道何谓羞耻

它是草本植物

它开花

被阳光照耀

在敞开的天空下

毛蕊花碧绿的身体弯曲着

以全部的茸毛

赞颂富饶金色的赤裸

HALINA POŚWIATOWSKA

一个落入虚空的问题

你要告诉我们什么？

被遗弃的妻子

噢，奈费尔提蒂 *

在法老的床上

你温顺地蜷曲着

臣服于拥抱

当他迈着空空的步子

离开的时候

你将小小的拳头放进嘴里

咬着

黄金的人儿

你要告诉我们什么？

无家可归的人

失去了所有的欲望

---

* 奈费尔提蒂，公元前 14 世纪埃及王后。

12

你——在宫殿里

你——端坐于宝座

在一张平静的

幼儿的床上

抑郁而沮丧

你要告诉我们什么?

我们，永远的过客

哦，永恒?

人体模特

人体模特有着不被注意的乳房

绷紧如细绳的小腿

总是那样冷冷地

作响

人体模特有着稀少的头发

瘦长的脸

从低垂的眼皮底下

向内注视

人体模特

藐视人群

从不颤抖

完美地存在

一动不动

在流动的丝绸上

张开时间的手指

她们的脸被固定在商店橱窗

在衣服下

在窸窸窣窣的衣服下

我是一个美丽的人体模特

告别

麻雀向谁祈祷

哦，戴草帽的稻草人

你随风而行

在玫瑰色云朵上谋生

你透风的脸疯长

犹如地球的脸

散发牛奶和大蒜的气味

头上——扎一顶草帽

哦，小偷的逃跑之路

哦，有着寻常双腿的耶和华

穿着被浸透的靴子

在阳光下的犁沟里

寻找豌豆的吗哪*

---

* 吗哪，相传古以色列人经过荒野时所得的天赐食粮。

你随风而行

忘记麦捆，忘记面包

我们叽叽喳喳，那沉默者

让我们

大胆抓住草帽

不让它飞向天堂

"在你完美的手指间……"

在你完美的手指间

我仅仅是一阵颤抖

一片树叶的歌唱

在你温暖的双唇下

气味刺激我——它说：你在

气味刺激我——搅动夜晚

在你完美的手指间

我是光

我燃烧仿佛绿色的月亮

在黑暗而死寂的白昼之上

突然你发现——我的双唇是鲜红

——咸涩的味道来自血液

一个提醒

如果你死了
我不会穿淡紫的衣服
我不会买彩饰的花环
风中低语的缎带
不
不要那些

一辆灵车会到来——就是那样
一辆灵车会离开——就是那样
我会站在窗边——注视
我会挥动我的手
我会挥动围巾
向你道别
独自站在这个窗口

在夏日的时光

在疯狂的五月

我会躺在草地上

温暖的草地

我会抚摸你的头发

轻吻蜜蜂的绒毛

——它刺人又可爱

像你的微笑

像暮色

然后会有

银色的——也许

金黄的或红色的

晚霞

微风

无休止地向着青草低语

爱情——爱情

使我不愿起身

离开

你知道，离开——意味着

回到我那间该死的空屋

"我是朱丽叶……"

我是朱丽叶

我二十三岁

我曾触摸爱情

它是苦涩的

像一杯黑咖啡

它驱使我的心

奔跑

恼怒

我的鲜活机体

令我的感官摇摆不定

走了

我是朱丽叶

我站在高高的阳台

恋恋不舍

喊着回来

叫着回来

涂着口红

双唇紧咬

带着血色

没有回来

我是朱丽叶

我有一千岁

我活着——

"我寻找你，在猫咪的绒毛里……"

我寻找你，在猫咪的绒毛里

在一滴一滴的雨里

在篱笆桩上

我倚靠栅栏

太阳——旋转

——一只苍蝇，落入了蜘蛛网

我等待着……

"我是落潮的水……"

我是落潮的水

我是颤抖的叶

掠过的风声

触动我

我是夜晚

无法入睡

饥饿的眼

怔怔盯着星星

夜——在蓝色血管里

在身体的每一个组织

在指尖上

悸动，带着未被满足的激情

我是尖利的声音

却无言地沉默

在我的头顶，日子

从巨大的、空空的翼展上

飞走……

"对你，我是温柔的……"

对你，我是温柔的
像浓郁的花香
之于蜜蜂
我对你是友好的
像摇曳的树枝
之于飞鸟疲惫的翅膀

金子般地
我落在你的眼睑上
在一个微笑里
赶走思想——那有毒的黄蜂

是夜晚
将你带到我的身边
在无限的夜里
我松开头发，它下垂到画布上

你像一轮

独特的月亮

在我冷寂的天空

照耀

我向你祈祷

这是怎样的宗教呵

崇拜黎明前拱起的

神祇的双唇

啊，宗教

精致的渎神者

我们是自己的

封闭、带四个角落的世界

"我想写一写你……"

我想写一写你

用你的名字支起倾斜的栅栏

用经霜的樱桃

安排弯曲的诗节

歌唱你的嘴

我想躺在你粗黑的睫毛上

我想

用手指缠绕你的头发

在你的脖颈上找到

藏起私语的地方

你的心违背唇

我想

将你的名字与星星

与血液，合在一起

我想在你身体里，而不是

你身边

我想消失

像一滴雨被夜吸收

"你的双手多老呵……"

你的双手多老呵

骨节暴突的树

抚摸我的头发时

它是春天

大地的低语

穿过清新的秋天

穿过

被唤醒的根茎的气味

在干燥的手指间

四月的微风舞蹈

我低下

绿色的脖颈

更深处————一股欲望

想要

以温暖的皮肤

抓紧你的手

维纳斯

她像漂亮的石头

雪花石膏

露出绿色的细血管

随沉睡的血而悸动

五十个神祇

在云端

为她鼓掌

每当她经过

她的臀部摇曳

但是不

她甚至没有头

没有嘴

那南方膨胀的水果

那乳房——啊，是的

她有健康的乳房

能让一个神祇立定在那里

在云端狂喜地嚎叫

它们像一对姐妹似的月亮

从土星的天空被偷回

椭圆——上翘

铁匠铺里给马匹钉掌的赫菲斯托斯 *

抱怨她背叛了他

傻瓜

---

* 据罗马神话，赫菲斯托斯是火神，也是铁匠之神，又驼
又瘸，是众神里最丑的。但他是一位心地善良的神，他
的妻子是阿芙洛狄忒，即希腊神话里的维纳斯。罗马神
话里，她与战神阿瑞斯偷情。

"死去的头发不能舞蹈……"

死去的头发不能舞蹈
不能与微风争论
不能垂落冰凉的耳轮
不能吸引鸟儿或手指

它在冷寂的枕头上散开
不能以沙沙之声吓退噩梦
不能被银亮的雨水打湿
不能颤抖

在一张白色的床上
它又冷又聋

只剩一朵花——那么漠然
只剩一个笑——那么淡定
太阳从天空中踮足离去
现在是夜晚

爱情之诗

纪念阿梅代奥·莫迪利亚尼

与让娜·埃比泰纳 *

他们两个

透过心脏瓣膜

清晰

可见的轮廓

被框进痛苦，如框进金边

像是挂在

星空的图钉上

夜，仿佛一堵墙

在他们身后

---

* 阿梅代奥·莫迪利亚尼（1884—1920），意大利著名画家，
病逝于巴黎。让娜·埃比泰纳是他的情人，在他病逝后
跳窗殉情。

宇宙，是冷漠的

星辰

只有这两人——独自

在这尘世的街道

一个破旧的窗口

人们说爱情不存在

人们谎称爱情已死

死在歌唱石炭酸的疗养院

人类的肺结核

而此刻

高高的屋顶下

一扇窗

摆放着一盆天竺葵

一株红色的

爱萌生——花瓣

撒落

"她和我们同在……"

她和我们同在
偷听黄蜂的嗡鸣
戏弄我的头发，她
缠绕在你指间

后来
她将太阳轻轻放在我们头下
然后是一些青草
一朵盛开的罂粟
如感叹号
那么鲜红

她和我们迎面相遇
让我们屈身在地
以气味
以温暖

在大地粗糙的表面

将我们永久拘役

因爱而失能的我们——她就是死亡

"在一个慷慨的夏天……"

在一个慷慨的夏天

我抱怨着饥饿

我嫉妒鸟儿折叠的翅膀

花园的碧绿

天空

生长太阳金色的果实

饥饿饥饿

充满饥饿的圆润的双唇

因为饥饿我的手指骨骼般瘦削

我噘嘴我伸展

吸引太阳的光线

那圆满的靶子

我的身体

因狂风鞭打

而成熟

摇曳在生命的枝头

像绿凤头鹦鹉

摇摇晃晃

我把它递给

柔软的云朵的手

在不断的转动里

地球在我身下"咯咯咯"笑

不和谐音

世界如此的小

世界只有两层楼

你在上一层

你呼吸沉重

黑暗的

永恒站在附近

我吃力地迈动步子

穿一件长衬衫

我温暖湿润的手

将嘴擦干净

我捂住嘴

在我的身后

永恒

在走动

我们俩

停在你门口

额头相触

默默无语

像钢弦发出尖叫

我们贪婪地呼吸

数着一……二……三……

世界只有两层楼

仅仅两层

实在太小

一个星星环绕的世界

———————

为什么死是如此艰难？

关于麻雀

麻雀是最高的天主教徒

相信一切

相信太阳下的幻象

相信枯干的树叶

从不说谎

不偷盗

不啄食地上的豌豆

当一切转绿的时候

温暖敏感的三月

它们不叽叽喳喳

不在栅栏上飞行

允许自己

被虎斑猫的利爪抓住

像受折磨的圣人死去

以最深的勇气

为其未遂的罪而死

这就是为什么在圣诞之夜

只有麻雀而非他物

优雅地行走在最高的圣诞树上

啊，它们在哭泣

透过笑容

你将来到我的面前

咬着嘴唇

当你最终燃尽在

书籍绿色的火焰里

我的双手

将拥抱你

被尘土覆盖的你

被你不曾涉足的路上的尘土

你将在我的双唇

畅饮关于存在的幽暗秘密

在我的肩头

你将计算出

无限乘以永恒的积数

最好的算盘

将算出从未被计算过的我的头发

我的乳房——这地球的

两个金色半球是你的家

在你面前我的双腿

是宇宙的街道

是你轻轻走过的街道

如此你将获取所有的知识

——全部密封在我

舞蹈的血液的节奏里

永恒的终曲

我向你许诺过天堂

那是一个谎言

因为我将带你到地狱

进入血红——进入痛苦

我们将不会走在伊甸园

或透过栅栏窥望

盛开的大丽花和风信子

我们——将在魔鬼的

宫殿门前躺下

我们由黑暗的音节组成的翅膀

将如天使一样沙沙作响

我们将唱一首

简单的人类之爱的歌

在路灯的闪烁里

在闪亮的那边

我们将亲吻

我们将互道晚安

我们将睡着

早晨——看守会将我们赶走

从油漆剥落的长凳上

他会发出可怕的笑声

手指——苹果树下

一个果核

爱情是什么

一场攫住小屋子的大火——以一个醉汉的吻
点燃屋顶的稻草。
一道闪电——喜欢高大的树木——被囚于
公寓的水——被自由与饥饿的风释放。
一棵松树的长发——被风的手指爱抚——构成
一首疯狂感激的歌曲。
一个女人溺毙的头——她在水里轻轻张开
手指——对着死去的太阳微笑。
她被拖上岸——久久地哭泣直到悲伤的人们
把她放在地上干透。
一场大火。

雌鼬

我是她，称赏自己闪耀的白色光芒
褐色的后背迎接草地的抚摸。
一只鼬鼠——灌木丛中跳出的小小火焰
以一种疯狂的舞蹈宣告自己的存在。
她缓缓地伸展柔韧的身体而后像弓一样蜷起
目光落在她拥有视力的足尖。
她是——大地在她的脚下起伏，天空俯身于
她的头顶仿佛要把她吸收，这样她就不会离开
去往那没有温暖土地与天空的地方。

"我在你手心的太阳下取暖……"

我在你手心的太阳下取暖。你用怎样金色的
天气裹住我的身体呵。水流拥抱着
梳过的头发散落于松软的沙滩呼吸着。
你的手指，诉说我的天空。你的手指就是礼物
我的手让天空朝它们弯曲。把你的手指
放在我的眼睛上吧。绕着我的
嘴唇快速地抚摸，将我的头发捋到脑后
你的手指仿佛不会蜇人的蜜蜂粘在我的脖上。
我在颤抖。

"我朝你微笑……"

我朝你微笑。什么是微笑?

是一颗星传递给另一颗星的光。

青草与草地合在一起的气味。

柔和的绿色，我眼睛的颜色缠进

你的手指。你的手中握着

草地全部的低语。

我的眼睛无限地注视着一块狭窄之地上

草地的秘密。

你在朝我微笑。

"你说：晚上我来找你……"

你说：晚上我来找你，你像
蜷曲入睡的温暖的猫。
整个夜晚我都在等你。
我将嘴压进枕头，我扎起头发，
在光滑的床单上它有着枯叶的颜色。
我的手陷入黑暗，手指围绕着
寂静的树枝。鸟儿睡着了。繁星
不能在厚重的云层上飞翔。夜
在我体内一分一秒地——生长——
红色血液小心地跳动。
从紧闭的窗口一轮冷月
蹑手蹑脚缓缓走了进来。

镜子

我为我身体的美而沉醉。

今天我用你的眼睛打量着自己，我发现

臂弯的柔软、乳房的圆润，它们

想要睡去，缓缓滚落下来，不管不顾。

我的双腿张开，无尽地给予

向着不存在于我的极限，而我之外的一切

悸动，在每一片叶子，在每一滴雨水。

我用你的眼睛打量着自己，仿佛透过玻璃

看见自己，我感觉到你的手在我温暖紧致的

大腿的皮肤上，我的双腿顺从于你的命令。

我赤裸地站在一面大镜子前。然后，我

遮住你的眼，让你看不见、感觉不到

我的身体与你一起绽放的孤独。

"这些词语一直存在……"

这些词语一直存在

在向日葵敞开的笑容里

在乌鸦漆黑的翅膀里

也在

半开的门框里

即使没有门

它们也存在于

一棵树的枝条上

而你要我

自己占有它们

成为

乌鸦的翅膀、桦树和夏天

你要我像

阳光下的蜂房一样

嗡鸣

傻瓜
我并不拥有这些词语
从风、蜜蜂、太阳
我借来了它们

"抒情没有随最后一片叶子衰落……"

抒情没有随最后一片叶子衰落

光秃秃的树枝

低语着

正在返回的季节的故事

树根不太相信这一切

继续吸取着汁液

抒情仍然留在

"怀疑"

与"温暖"之间

从棕色的枝头上

抽出嫩芽

蝴蝶出现

它想插上翅膀

带着劫来的珍宝飞走

但抒情仍然

留在树根里

哲学史笔记

埃利亚的芝诺，数学家，计算出世界是
一个整体，在太阳下静止。他如此计算：
他把太阳切分，切分成小块，更小，直到
在他的手里停止发光，天就黑了。惊恐的
埃利亚的芝诺揉了揉眼睛，然后快速地
将分裂的碎片重新合成一体，直到它们
爆发光焰，又成了他眼中不可分割的太阳。

法伊特·施托斯 *

他喜欢面部清瘦黑皮肤的美人

颤抖的小腿、张开的手指。他将她们举起

放于祭坛。他雕刻她们的手肘

削尖她们的鼻子磨平她们的眼睛

涂上蓝色让她们对着慵懒大地述说

每个男人和每个女人梦中的天堂。

然后他装饰她们的衣服笑容恐惧

和悲伤。宇宙的碎片——一轮绿月亮，他将

一个女人放到脚下，在她头顶放置

重而丰饶的温柔。她们就这样冻结自己的

美和自己的永恒，像大树

随叶子翻飞的枝条咆哮。当他离开时

---

* 法伊特·施托斯（Veit Stross，约1450—1533），德国雕塑家。
他的主要作品产生于晚期哥特式风格与北方文艺复兴间
的过渡时期，注重情感表达。其最著名的作品是克拉科
夫圣母圣殿的祭坛。

他对木雕之神和涂成金色的叶子眨了眨眼

法伊特·施托斯，这个异教徒。

"我喜欢憧憬……"

我喜欢憧憬

攀缘声音和颜色的栏杆

在张开的嘴里

捕捉凝结的芬芳

我喜欢我的孤独

悬得

比双臂拥抱天空的

大桥更高

和我的爱

赤足跋涉

穿过大雪

"我说，早上好……"

我说，早上好

路过一棵挂满

雨滴的山楂树

我说，早上好

心想蝴蝶的翅膀

有着离别的色泽

你好，公海

深蓝的太空

屈从于你的低语

海浪泛白的嘴

你好，地球

我来，为了照应你

我来，用我的身体

收割你青春的智慧

我来，为了离开

在每个瞬间

每个黄昏

一夜又一夜

一天又一天

对一只猫的回忆

尖耳朵

一身条纹

条纹里

眼睛绿色的光

你的残忍被原谅

鸟鸣

此刻在你的喉咙里沉寂

你的自负被原谅

在最高的树木上

你永恒的领地

因为你固执的灵魂

有一天也将脱去外衣

在清风中伸展自己

栅栏和膝盖

温柔的膝部

你可以用你的爪子轻轻接触

颤动和温暖

两根

你弹奏的丝弦

还有你挥之不去的饥饿

阿门

"我们邀请蜘蛛……"

我们邀请蜘蛛

进入公共生活

这样它们就可以编织

衣柜旁那个空空的角落了

这样它们就可以编织

这样它们就可以缠绕

后来

我们把炉子放倒

蜘蛛就神气活现地出来了

我们摇晃灯盏

它熄灭了

乔迁之宴完成

终于安家

却有腐烂的紫罗兰

刺鼻的气味在弥漫

"它们知道他……"

它们知道他

我的丰满乳房

被夜里的一个亲吻唤醒

一只划伤的肩膀

一段记忆

梦游在我空空的掌心里

在我的心里

他盛开着

像一棵带刺的山楂树

我夜里的

寒冷的鸟

纷纷振翅而下

它们在觅食

辑二
手的颂歌

❀

"我们成为彼此的抒情……"

我们成为彼此的抒情
坏脾气
一点一点
被扔进傍晚的天空

我们的手指张开
突然开成
篱笆下淡紫的花

迷醉于芬芳的气味
我们徘徊在群星之间

不安，闪烁
想到未来
星星对我们喋喋不休
晃着启示录般的手指

"不要在雨中……"

不要在雨中
我的窗台下开放
不要请求窗格
在你温暖的呼吸下消失

那么多叶子
离开后再没有回来

与那该死的绿色一起
你从我的脑袋下
从我皱起的眉头下，滑过
你说：是我

我推开你
银白的身体
我握紧拳头
捏碎了那些树上掉下的叶子

圣乔治 *

圣乔治

两个音节

令人痛苦的名字

在那五边形的手上藏起我

圣乔治

踏在一条龙的咽喉

刀刃上沾有小块血污

给张开的手

一个饥饿的太阳

用温暖的血液

---

* 圣乔治（St. George），天主教殉道者、圣人，常以屠龙英雄的形象出现在西方文学和艺术领域。

饲养太阳

金黄

我将它偷来做背景

在金黄里

我用指甲刻下一个轮廓

"在我心里……"

在我心里

生长着一棵树

树枝紧紧

拥抱着我的血管

树根

喝着我的血

变成棕色

我的嘴唇干裂

在我心里

饥馑统治着

像士兵在被征服的城市里

日子是白色的

像血液流淌

没有我

安置爱的

地平线

我命令我的爱

一定要活着

孕育

1.

你的美是我的国

无法继承
我站在
一条可通行的道路边上
时间在我的影子里沉睡

黄昏的树枝上有歌声
叶子上有太阳

脆弱的树叶里
有翅膀的脆弱
我解开树枝
释放太阳

当他显现红光

我俯身

黑暗的轨迹

我聚拢音节

我说他会到来

我相信

我完全相信

他会从树的一侧出现

我的树枝

告诉过他这个世界的故事

我用最真实的

绿叶

承诺过

胜利和死亡

他离开了

在一条道路的边上

我数着日子

2.

当你沉默

永恒

在你体内雕刻她凝结的形状

不要用你的沉思

打扰镜子深处的她

让她变得更加美丽

以你圆润臀部的形状

让她变得更加圆润

埋在

光的最深处

白昼的最深处

在黑暗里

在黑暗里

果实诞生

在厚实

而甜蜜的内部

变成金黄

成熟

在梨树的顶端

在茂密的苹果林

擦伤膝盖的孩子们

用那膝盖抱住树干

以他们急切的嘴

扫荡果实

……是我的国

同我的叶子一起

我的知识盛开花朵

有意识地

无羞耻地

我使事物不朽

在一条道路的边上

3.

我的小宝贝——嘘

我的小可爱——睡吧

我的小宝贝——闭上你的眼

我将用我的唇，抚平你

圆睁的好奇的眼

我的小可爱——松开你攥紧的拳头

小宝贝啊

在一个微笑里

在一声哭泣里

在身体最后的突然痉挛里

在脆弱里

在身体的无助里

时间驻足

我用手指触摸你的双唇

用呼吸

分开手掌

我的小宝贝

就这样，我给

我的膜质注入

昆虫的耐性

我的阳光灿烂的国里

一个退化的母亲

一点绿火花

一只鹦鹉的存在

一点匆忙的色泽

一只蝴蝶的存在

一只荆棘刮伤的手

一朵花的抵抗

一棵树全部的叶子

汇成沙沙声响

在一条道路的边上

4.

如果你在饮尽胜利后

回来

我要把你锁进我心里

孕育黑暗的夜

将缓缓蠕行

在早晨

我将生下我的儿子，我的继承人

如果

遇到霜冻

我将最后看着

大地打开

再合上

我将惊奇于草地

如何迅速地

开出花朵

孕育痛苦

你的美是我的国

"在我左腋下……"

在我左腋下
温暖的巢里
住着我的心之鸟
我的心之鸟拍打着
被束缚的翅膀

它的绒毛被扯下
活在风里
国王喜欢将他的头
埋进我左腋下
温暖的巢
因为国王害怕死亡

她站在外面
收集磨损的羽毛
她用一只冰冷的手
杀死大风

"生命之墙坍塌……"

生命之墙坍塌
我剥开黑暗的种子
树顶飘落的秋天
从我的手里取食

在秋天的红翅下
麻雀暗淡
血在风中旋转坠落
渗入大地

凭着一种久远而无限的直觉
我感到，仿佛紧贴着脸颊
青草的根茎正匆忙生长
进入春天

进入春天？

是的，在这里

我的嘴里咬着一缕阳光

就像咬着

一缕头发

有时一只蜜蜂飞向我

披着短短的软毛

我与她交谈

涂满祈祷之蜡的星星逐渐暗淡

大风没有吹过我的头发

太阳没有触及我的嘴

唯有蜜蜂

给我带来光的消息

她说：红色和金色

完美结合

在秋天温柔的翅膀下

成熟

我缓缓地

移动

一根棕色的树枝

叶子坠落

红色和金色

散落一地

"自从她不在,我就失明了……"

自从她不在,我就失明了
看不见光
她是我的一切
女儿——太阳
女儿——星星

鸟儿的歌唱
是一首挽歌
花朵的根茎——是执绋者

我栽下一朵花
它的气味
提醒着我
她的不在

我是一个穷困的女人
一捧沙——的母亲

救赎

她移动一步
就摔倒，轻轻地

拥抱十字架
仿佛它是
一个死人的脖子

她感到惊讶
撑着自己
走过雪地

雪地那么白
几乎不可能迷失

"一个绿色的阴影尾随着我……"

一个绿色的阴影尾随着我

雨天的大海精疲力竭

亚利桑那郊区也是如此

我试着给两人找一个地方

我让窗帘是半暗的

太阳可以照射出光

在薄砖的纸墙上

我用蜡笔绘出的窗口

从一朵彤云后面月亮笑出声

戏谑地重复着——好了完工

小夜曲

1.

百老汇

我的记忆喋喋不休

斑纹猫

庄严地走下

垃圾堆的斜坡

远处街景

淹没在夕阳的深红里

在凉爽的小巷

风——el viento*

在石头和石头之间

吹拂着

---

*   el viento，西班牙语，意为风。

如西班牙吉他曲

一个石堆

瑟缩着

蜷在一边

2.

它伸展身体

它微笑

发出温暖的叫声

它捕捉星星

水流讨好地

停在

不熟悉的海岸边

在樱桃树的

树枝上

享用

果实间的

鸟鸣

它耍着把戏

把樱桃

放进嘴

贪婪的嘴

沾满汁液

鸟鸣和羽毛

3.

头发最后褪色

石头没有名字

只是躺在那

脚也没有名字

只是走动

如果有一个声响

也只是一串和弦

或一声哭泣

灯没有名字

散发金色光芒

身体没有名字

黑暗

灌满令人窒息的风

带着温暖

蜷缩在石头中间

哈德逊河讨好地

躺在百老汇脚下

紧紧

抱着坚硬的岩石

头发最后褪色

天就要亮了

"纽约费城伊丽莎白市大街上的女人……"

纽约费城伊丽莎白市大街上的女人
她们裙子背后硬挺的装饰结
结上摇晃的蝴蝶在阳光下闪闪发光
以小鸟似的轻快节奏护送着她们

绷紧的臀部线条高高低低地起伏
这取决于衣服的剪裁和高耸的胸脯发出的歌
所有城市郊区的黑人妇女都有着修长直腿
和穿黑色高跟鞋的纤细的脚

混凝土建筑几乎触及山脊
我凝视远处市中心的轮廓
它于我是一个未来的墓园
耸立着密集的碑林

被遗弃的蜂巢，对蜂群嗡嗡之声的记忆
腰部裁剪紧致，身着天鹅绒礼服

"哈莱姆是一个深奥的城市……"

哈莱姆是一个深奥的城市

生长在小河边

石头挨着石头

在窗口里

在朴素的门框里

人们长大，面孔的颜色

宛如被太阳温暖的土地

哈莱姆在绽放

红色和金色的光泽

少女的衣服

飘动着鲜花和蝴蝶的图案

嘴唇被口红刻画成

午夜升起的

血红新月

黑人轻盈的足

黑人柔软而敏捷的身体

低声述说着

伟大的渴望

一个男孩在树上唱歌

他用一只黑色的手抓牢

黑暗中的树枝

他在歌唱

黑暗中他的头后仰

他在歌唱

他爬上一棵四月的树

他在歌唱

哈莱姆变化着，以无声的节奏

它在歌唱

"我对身体没有往日的柔情……"

我对身体没有往日的柔情

但我忍受它如负重的牲口

它是有用的却需要不厌其烦

它带来痛苦和欢乐和痛苦和欢乐

有时在狂喜中凝固

有时成为梦的避难所

我知道它曲折的走廊

我知道疲劳从何而来

哪些韧带会因为大笑而绷紧

我知道泪水独特的味道

它与血的味道

那么相似

我的思想——一群恐惧的鸟

它们以我身体的皱纹为食

我对身体没有往日的柔情

但我比以往更强烈地感知

我之所及不比一臂之遥更远

不比踮起脚尖更高

手的颂歌

欢迎！我的双手，我的善于抓取的手指，
其中一指，曾经被车门夹过，被X光照射——我的手
在胶片上像一只脱位的翅膀——一小块骨头
被自己独立的轮廓所限制。左手的
无名指，曾经饰有戒指，现在孀居，被剥去了
装饰。那给我戒指的人，自己已不再有
手指，他的手织进了一棵树的
根系。我的手，多少次地抚摸
死者冰凉的手与活人温暖有力的手。我的手
那么善于不同寻常地爱抚，一个触摸就能模糊
存在与非存在、天堂与大地的距离。这双手
熟悉无助的痛苦，被锁在一起
像两只受诅咒的鸟，无家可归，激烈地、盲目地
在所有地方搜寻你的手的踪迹。

抗议

1.

记忆引爆

脆弱的幸福之墙

沉睡的火山的鬃毛

温柔地拥抱着大地

饥饿懒洋洋地伸展在

肉体精致的纤维中

斯科普里 * 曾经是一座城市

塞米拉米达 ** 的空中花园

---

* 斯科普里，位于北马其顿的西北部，是北马其顿政治经
济和交通中心。历史上发生过两次大地震（公元 518 年
和 1963 年）。

** 塞米拉米达，现属保加利亚，在著名旅游胜地博罗韦茨
附近。

树木在潮湿的街道投下影子

充满了运动的岩层和阳光

地球打了一个哈欠

这城市消失了

在身体的蓝色小巷红色血液在歌唱

有着那种死肉发甜的气味

身体屈服于手的压力

手按在身体上那种紫色的图案

身体倒向大地

血液逐渐变暗

记忆

裂开的纺织品

脆弱的幸福之墙

2.

压向一个沉睡村庄的

雪崩——只有

教堂塔楼的指针始终守望

河水离岸的急流

将一个城市从地球表面冲走

从火山中喷出的冒烟的熔岩

覆盖了植物生长的旷野

暴风雨掀起大海的波涛

成百艘船沉没

在我们血管中歌唱的成分

关于饥饿和遭遇暴行的圣歌

血液……

我们必须拯救

一些夜晚

一些白昼

3.

她懂得作为人的想法

这法老的女儿 *

在河流上弯下腰

一只柳条提篮里

一个人类的婴儿在哭泣

她把婴儿带到岸上

她以呼吸温暖了那冰冷的小手

她用双唇擦干了那哭泣的眼睛

河流一路翻滚

在泥浆和砾石之间

法老的女儿与柳条提篮一起

消失在远处

海洋先于人类

吗哪的确降落于沙漠

河流一路翻滚

在泥浆和砾石之间

---

* 典出《圣经·出埃及记》2:8。此处水中的婴儿指摩西。

越南，1965 年

1.

为了好运

父母给了我一副可燃的身体

衣服细小的皱褶里

一点点汽油就够了

一根火柴小黑头上

那么一点点硫黄就够了

不要对我说爱

不要回想森林的气味

我年轻的头发

手指

我点燃这一堆

为向大地投射光明

在黑暗里我习惯盲目地前进

不要回想手指
不要想象气味

看——我在燃烧爱

2.

我仍不知道为什么要这么做
我有一个母亲，一个父亲和一个弟弟
他在跑去上学时爱玩恶作剧
我喜欢动物，甚至与星星交朋友
我为每一朵花的枯萎哭泣

为什么噢为什么我要这么做
报纸写到我
某个新闻摄影师可以记录

我暗淡的残骸

不是很多

一两捧

母亲无法从灰烬中辨认出我的名字

弟弟坐立不安，他看到妈妈

因悲痛两眼看不见，他跑开了

大街上的清洁工将沙子倒在人行道的暗处

我仍不知道为什么

飘荡在风中无家可归没有人愿意注意我

有一个人把手放在我的头上

我的头发仍然柔软而明亮像一个夏天的日子

我为了亲吻而生的嘴……

3.

很久以前

我的幼稚的信念

就被暴行扼杀

我本可以为此写一部悲剧

或一首诗

我本可以养育几个孩子

教他们恨

我本可以进入我自己的房子

打开窗户

呼吸傍晚的空气

聆听树叶的交谈

我本可以对着人们微笑

说早上好

说再见

哦，夫人，您这衣服真漂亮

我本可以驯养一只猫
而它本可以踱着步子
甚至在我死去时
它也死去

在很久以前
我生活过，这一切
在眨眼之间过去了

现在，我什么也不是
噢，摇我进入良心的长眠
不要看那暗淡的灰烬

四旬斋的传说

二千年前
一个姑娘生下一个孩子
在加利利 *

孩子赤条条
她一无所有
除了爱

被她的呼吸温暖
他长大
直到
仇恨到来

---

* 加利利，以色列北部地区，1948 年由以色列管理至今，
同时以耶稣基督的故乡闻名。

人们把他钉上木架

而她只能眼睁睁看着

后来——他们说——她升入天堂

但她也可能坠入了痛苦

痛苦是那么深

有关死亡动机

1.

我想写一写一个已故女演员的故事
在她身后仍然有一些不确定的记忆
一只安眠药的小空瓶

褪色的过程已经开始
十一月
信件掉落地上
十二月
照片落到地面
一月漠然的风
劫持了几张海报

成功和幸运之间
一个区别

成功总是给别人看

幸运却只属于自己

2.

身体——一种导管，内部亮着

柔和磷光，最敏感最纤细的

纤维，神经，短路忽闪

从睫毛到睫毛

完美的光滑

致力发现这个世界

这世界的结构

反过来却被世界的漠然

忽视

她本应在阳光下盛装出场

有时什么也不穿

一只安眠药的小空瓶

一场非凡的葬礼

褪色的过程已经开始

"对抗世界……"

对抗世界
它只有两只爪子
两只全副武装的爪子
没有更多

哪里有存在的哲学
哪里有神学
哪里有对纯净的信仰

它只相信人的手
带来食物
有时是死亡

同样的感激——
对于食物
对于死亡

"你问，数字的魔力为什么吸引我……"

你问，数字的魔力为什么吸引我
我想用一个数字表达我的渴望之无限
爱之无限

我想让它凝成晶体
让日子在它上面滑行，如太阳在钻石上滑行

我想让它不受流逝的玷污
这样将不再有渴望也不再有爱

"噢，多么可爱的骨骼呵……"

噢，多么可爱的骨骼呵
如果你将嘴，压向它的唇
它会回你一个吻

骨与骨，巧妙地联结
被富有弹性的组织包裹

走在街上
关节弯曲、不弯曲
它都展示着精妙

在它流线型的运动里
有着天堂的音乐
瞧——它在一个人的手里握着

它缓缓地转动

一个温顺的世界
随之旋转

噢，多么可爱的骨骼
最轻微的挫折
便会将它化为齑粉

"我主要的工作是修眉毛……"

我主要的工作是修眉毛

全神贯注修我的眉毛

像那些开始害怕

凝视镜面的女人

我每天早晨经过公寓那个转角

路过那条街道的拐角

霉菌病的弱手指抓住沙粒

墙上的洞在扩大地板上的洞也一样

街道瓦解化为一片尘土

风把它们带往每个方向

一如玩着捉迷藏的游戏

我从脸颊上撩开头发

望着杂草丛生的石堆

"我小心翼翼携带着我的心脏……"

我小心翼翼携带着我的心脏
如圣约翰 * 被砍下的头颅
地球在我的脚下舞蹈

我的心脏是一只变形虫
无限地拉长，没有尽头
一个微小的生物

这个世界，属于它
床、画、四个角落

我的心脏喜欢几何
与和谐

---

* 《马可福音》中，莎乐美为其父希律王跳舞，希律王答应
  赏赐她任何物品。母亲希罗底借机让女儿索要施洗者圣
  约翰的头，因圣约翰曾抨击希律王违反法律娶她为妻。
  圣约翰遂被斩首，他的头被放到盘子中交给莎乐美。

我小心翼翼地携带着它

如一个圣人

被砍下的头颅

"你问，旅行的骆驼的鞍囊里拉着什么……"

你问，旅行的骆驼的鞍囊里拉着什么
拉着我的心脏
穿过沙漠

当你离开我的时候
黄色的太阳下
剩我一个人

大地是酷热的
人们的心，空洞
温柔的春天
不是为我而颤动

有时，我看见你
我伸出手
却仅仅触摸到

我对你的念想

你问，旅行的骆驼的鞍囊里拉着什么
拉着我的心脏
穿过沙漠

"有整整一个世界的孤独……"

有整整一个世界的孤独
只有一小块你的微笑

有整整一个大海的孤独
你的温柔在海面上如一只迷失的鸟

有整整一个天堂的孤独
只有一个天使
翅膀如你的话语一样轻

"就像昨天我写诗……"

就像昨天我写诗

今天我分派亲吻

我的亲吻不再那么昂贵

诗越来越稀少

我现在写诗，只在

一朵花的颜色刺痛我的时候

或者在蝙蝠

夜飞

触及我脸颊之时

我亲吻每个季节

我亲吻随便一个遇见的人

学生、医生、诗人

反过来他们写诗，谈论它

就像我分派亲吻

一把一把

不假思索

匆忙地

"救赎存在于温暖的毛皮里……"

救赎存在于温暖的毛皮里

救赎存在于甜蜜的肉里

救赎存在于流动的血液里

让我们赞美纵情声色吧

让我们以崇敬之情说出她们的名字

犹太夜女郎塔斯·弗莱恩和朱迪丝

世界的未来存在于我们的怀抱

噢，我们的温暖的怀抱

存在于我们的大腿，多欲、无耻

存在于我们丰腴的胸脯

让我们以崇敬之情说出他们的名字

犹太夜女郎塔斯·弗莱恩和朱迪丝

地球摇晃在无限的空间里

太阳下它拥有青草的根茎

人的根则深入地下

带着鼹鼠盲目的口鼻

我们——

智慧存在于我们的怀抱

救赎存在于犹太夜女郎

塔斯·弗莱恩和朱迪丝甜蜜的肉体

"是我们生下双手强壮的男人……"

是我们生下双手强壮的男人
不是微笑的，而是痛苦和尘土的——闻着
像七月的阳光下新割的青草

在我们内脏的峡谷
是布满苔藓的巢穴和雏鸟
存在的秘密发生在这里——还没有人看穿
这里，史前的岩层，没有人纪念

在我们头顶文艺复兴的溪流存在于一片金色的云
在我们眼里中世纪屈膝于沉思
而我们安静像玛利亚谦卑地接受
我们内脏的渴望和我们双手的命运

"我再一次渴望黑暗的爱……"

我再一次渴望黑暗的爱

致命的爱

犹如一个死囚

祈祷死亡那样

哦，来吧，好死亡

像八月的夜晚那样奢华

温暖

轻轻抚摸我

自从我知道了她的真名

我就准备着让我的心脏

迎接最后破碎

的休克

HALINA POŚWIATOWSKA

"我给指甲涂上了指甲油……"

我给指甲涂上了指甲油

我的手指闪亮

愿我的主爱

我的想法

我在眼睑周围画上深深的眼线

满天星星辉映在我的目光里

愿我的主爱

我的欲望

我用亲吻迎接你

这是最简单的方式

愿我的主爱

我的爱

"我温顺地爱你……"

我温顺地爱你

你看

我甚至爱我的手肘

因为它曾是你的私有

显然，舍弃一个人

真实的财产

头也不回

是可以的

显然，待在

地球正在冷却的内部

是可以的

"我切着痛苦的橙子……"

我切着痛苦的橙子

我喂给你一半的痛苦

就像饥饿的人分享面包

焦渴的人分享水

我是穷困的——我的身体是我的全部

我的嘴唇因渴望而绷紧

我的双手——秋天的叶子

透支了离别

我切着痛苦的橙子

诚实地——一人一半

我喂给你痛苦的种子

"我的情人并不漂亮……"

我的情人并不漂亮

而且个性难以对付

但是谁来画我的天空

在深紫色的午后

如果我让他走不要回来

我的情人有着炽热的嘴

他回应世界的挑战时

微笑着露出一排锋利的牙齿

我的情人有着新月似的嘴

在我的每个夜晚变得丰盈

我的情人并不敏感，他的双眼

在街心广场舞蹈

在姑娘们中间点燃火焰

我抓住他的影子不放

我拉住他的头发，我紧紧攥住我的爱

在他的影子里，一片细草
绽放为四月的苹果树

"如果你想离开我⋯⋯"

如果你想离开我

别忘记笑一笑

也许你会忘记你的帽子

你的手套，有重要地址的书

任何东西——你必须回来取走的

你会突然回来看到我在流泪

那么也许就不会离开

如果你想留下

别忘记笑一笑

你不必记得我的生日

或我们的初吻之地

或我们第一次争吵的原因

总之如果你想留下来

不要因留下而叹息

要尽可能微笑

留下吧

"他说——他爱，他说……"

他说——他爱，他说

现在我让自己寄居在

他的微笑里

我勾勒

臀部的边线

那么纤细

像一棵年轻云杉的树干

它的美

昨天我赞美过

在他播下

歌唱的欲望前

在我舞蹈的双手里

在我踮起的脚尖上

在我的牙齿里

我想念他

在深深的白日梦里

托着下巴

我在想——我在想他的肌肤

它有

辛辣的味道

我记得

给玛尔高莎的诗节

1.

当你到来，让我开口大笑
我将成为你闪亮眼睛的镜子
当你到来，在我缀满苹果的
果园，看看你自己，我将等待
樱桃簇拥在我的怀里
当你到来

我将以水果给你饥饿的嘴
以草地的甘露为你解渴
当你到来
我会站在敞开的窗口，不安地
等待，以星星之眼扫视黑夜

2.

亲爱的，天还早，小鸟还在沉睡

敛起它们那松软的翅膀

你的声音唤醒了太阳的蜜蜂

它们在我昏昏欲睡的头上舞蹈

你的声音的蟋蟀之翅

从我的眼皮上敲落沉默

可鸟儿还在沉睡

亲爱的，天还早，你以双唇的轻触

让黎明来到我的家里，我的天空

日出给白杨树摇曳的叶子着色

树叶上，清晨的露珠闪烁

我给你带来早茶，亲爱的，树林还在沉睡

"每当我想活下去我就大喊……"

每当我想活下去我就大喊
每当生命要离开我
我就攥住它
我说——喂，生命
请不要离开

他温暖的手握在我的手里
我的嘴靠近他的耳朵
我低语着

喂，生命
——仿佛它是一个
即将离开的情人——

我搂着他的脖子
我大喊

如果你离开，我会死去

"我不知道如何只是一个人……"

我不知道如何只是一个人
在我内部有一只受惊的老鼠
还有一只嗅着血迹的雪貂
还有恐惧和追逐
多毛的肉
思想

我不知道如何只是一棵树
持续生长，或者树枝繁盛
不是我唯一的目标
或者结出果实
或者开满花朵

我好奇地割着树皮
我擦亮凝结的树脂
我每天将活的组织

转化为词语的火种

以文字
诉说我的痛苦
仿佛抒情是一把钥匙
适于打开
久已关闭的天堂

"那么多心奔向你……"

那么多心奔向你

所以，你应该存在

你以无限慷慨

以太阳，给我的痛苦镀上光辉

我再次向你祈祷

温柔

无论谁相信你

且和我一样

强烈地需要你

都会充满力量

最贫困者

是被剥夺了神圣的人，像一月的树

棕色的树干

在耻辱里起火燃烧

请听我说

我祈祷温柔

请降于我咸涩的恩慈的雨滴

无用的双手

温暖的唇

"我依然将我的头发卷成波浪……"

我依然将我的头发卷成波浪

我的吻——迁徙的鸟儿——

在飞抵南方的漫长旅途前

依然栖落在我的双唇

夏日比往常更短

更凉

我依然对着镜子微笑

事情总会转好——我说——我必须

生起火来，我买面包

阅读柏拉图

必须想着明天

无论何时，都要微笑

屋子外面落满霜

云朵在颤抖，继而消弭

什么也不留下

没有笑，没有关于明天的思想

没有温暖的抚摸——没有生命

"这是伊索尔德的美丽头发……"

这是伊索尔德 * 的美丽头发
一头金色发辫的伊索尔德
在病房的夜晚，那么明亮
眼睛里有小小的火焰在闪烁

她的呼吸在富有节奏地颤动
仿佛笼中鸟的呼吸对着墙壁
大风正赶来与之相遇
大风迷失在狭窄的大厅里

我知道，这些都将不可挽回地发生
在新的一天唤醒所有的窗户之前
在病榻上，一个金色的身影
窗户玻璃外一阵风的低语——哦，特里斯坦

---

* 伊索尔德是亚瑟王时代不列颠及爱尔兰地区的传说人物。
德国音乐家瓦格纳的歌剧《特里斯坦与伊索尔德》里，
伊索尔德爱着特里斯坦，与他在死亡中结合。

访

我每天到访这个地方

这里，灵魂聚集——

一个舞姿令人担心的舞者

紧紧攥住她怦怦直跳的心脏

我经过

遇见剪下的花枝

那么美丽

我停下来观看

喷泉已经枯竭

需要一些注意力

才会发现许多

小小死亡之中的这一个

然而，这里的树生长得壮观

凌晨四点在歌唱——我知道

晨光熹微

它在我二十八年人生里越来越苍白

最近四年的时间我花在哲学上

我想解开存在之谜

但哲学向我展示的

既不是树也不是身体

只有词语词语词语

人必有一死

苏格拉底是人

所以苏格拉底必然会死

判决生效

苏格拉底死去

在一只黄色的花瓶里

从市场上买回的花朵凋落

我每天到访这个地方

我不指望被宽恕

"又一个记忆……"

又一个记忆

我刚写下一个词

一个词

两个词

三个词

一首诗，使我更老

更老——是什么意思

在一种叫作历史的抽象物中

我被某个狭窄的范围所限定

从这里——到那里

我在隆起

在一种叫作经济的抽象物中

我被命令：活着

在一种叫作时间的抽象物中

我漫步

我迷失

并徘徊

辑三
我喜欢写诗

❋

"我想，写诗是难的……"

我想，写诗是难的

对于那些必须劳作的人

此事，往往不能成功

但我想，吞下毒药、征服高山

徒手游过英吉利海峡

所有这些事，也不容易

但也都是人类的成就

所以，我再试一次

"他们给我词语……"

他们给我词语

他们说

词语里能够发现玫瑰的花香

而我找到的唯有纸、纸、更多的纸

既无香气

也无颜色

我见过

飞溅的火花

在工人焊接电车车轨时

我们站成一圈

我和两个十岁的男孩

那飞溅的火花

是光

远远超过词语的光

而当我给轮椅上瘫痪的朋友递上

一截面包，他咬掉一块

他低头的样子

他双颚的错动

比"生命"一词

有着更多生命

"要创造一首诗——曾经……"

要创造一首诗——曾经抖动在细胞组织中的痛苦已
足够而大堆的词语不好过一只动物的喊叫。现在你
需要的是概念和理由以及对词典之深度的比较探
索。有对语言的外科手术，有组合词、拆分词、四
等分词，也有充满智慧的文字的双重含义。而我的
渴望——一只沉默的夜莺的雏儿，不解那些乐谱和
乐器。当你们向我要求意义，我感到那支撑脆弱鸟
巢的树枝啪的一声折断在高大钢琴的重量之下。

"我喜欢写诗……"

我喜欢写诗。在一首诗里，仿佛身临集会，情绪泛滥，呐喊冲破形式，情感昂然走来挥舞着一面巨大的红旗。

诗不会屈服于审查，它打趣无助而悲惨、折叠柔软双翅的天使，质问上帝，斥责它的创造者。诗是一种元素。

哦，工人阶级，我祈祷，哦，挥舞巨幅红旗的阶级，哦，强大的阶级，勇敢的阶级，哦，团结起来的女性之爱好者，哦，黑色羽毛的鸟，哦，地底的矿工，来吧，让我们将上帝埋葬于醋栗树下，在新添的坟墓上在绿色的戏台上，开始舞蹈！

是否只有这样，天使才不会偷听并早早告发我们的阴谋……

我怀疑紫色。在埃及，它是服丧的颜色。

克娄巴特拉曾身穿紫袍

在恺撒死后

在她死前

她自己穿。

我钟情红色！

"女人受到奖赏因为美貌……"

女人受到奖赏因为美貌

男人则因为长睫毛的阴影

诗人因为他们

把青绿色的感官藏进词语

在夜晚——月亮变圆

他们出现在白光流溢的山丘

他们跪在沉默的死鸟前

他们低语痛苦的祈祷

相反在他们头顶是静止的月亮

可怕的蚊子扇动透明翅膀嗡嗡作响

然后，下雨了——诗人回家

携带羽翼渐丰的文字——在湿漉漉的雨衣下

"虽然我在这里有一个家……"

虽然我在这里有一个家

我的心依恋这里的一切

我仍然掉转目光

并且说

高楼耸立的黑暗大街

看不到星星的红色天空

神情抑郁的人们

暗淡的绿色植物

呼唤着我

我想念我最美丽的城市

在那片生长着波兰苔藓的土地上

是我的起点和终点

但我的耳边回响着两个词

那里不是这里

因为那里有高楼耸立的大街

看不到星星的红色天空

因痛苦而忧郁的人们

被尘土染黑的树

在我最美丽的城市

所以我站在水边

伸出双手恳求

让它把我带走

尽管我爱这里的一切

但我还想再看一遍

我的高楼耸立的黑暗的大街

看不到星星的红色天空

忧郁的人们的面孔

公园里暗淡的绿色植物

我想呼吸

浸透咸水的空气

我想拥抱我的家园

我想告别

最美丽的城市

"纽约有着棕色的指甲……"

纽约有着棕色的指甲

岩石般锋利的牙齿

曼哈顿屹立在火焰中

在俄亥俄，微风梳理温顺的草

每一朵盛开的鲜花都完美

倚靠在尖桩篱笆上

召唤蜜蜂的嘴

于是蜜蜂成群出现

嗡嗡鸣叫

在俄亥俄，微风

抚弄

柔顺的水岸

海浪舒展

发出咕噜咕噜的响声

在醉醺醺的街上

在五月

紫丁香拾级而上

一只猫迟迟跑来

绿眼里携带着春天

在俄亥俄

"今年春天又回到了这里……"

今年春天又回到了这里，分外熟悉的春天，那么，
诗歌为何因自己的呼吸而窒息？在我的窗旁这棵
树，第二十个年头犯下剽窃罪，给绿叶添加更多绿叶。
今年的樱花和那些刚绽放的樱桃树没有什么不同；
相同的气味像昨日浮动在空气中。而且——尽管老
人认为乏味——我的妹妹，照样外出在树下亲吻，

像我曾经那样；她亲吻，激情，永远抄袭她的第一
个亲吻。或许我也可以召唤那些青草，所有来自种
子的青草，忠诚、不屈地抽芽，与几个月前一样的
青草。生活孕育生而不惧剽窃，而死，固执于它自
身的单调，同样叫人吃惊。那么，为什么要责难爱
情的诗，为什么拒绝它们的不知羞耻，它们原始、
无序的幸福的呻吟，在若干世纪里忠实地重复，不
顾读者。

"在春天……"

在春天
大地长出枝条似的东西
它们摇着成串的脑袋
甚至教堂的尖顶
也披上这绿色植物不良的光泽

我的老熟人马乌戈热塔
（姓芳西）
喜气洋洋
拍着双手
因为想到为春天
预备的新衣

我一身素服立于大理石板
与一棵树面对面
我奇怪于

一只路过的飞鸟

翅膀被挂在一节树枝

它的翅膀是绿色的

绿色的羽毛

悬挂在那节树枝上

——爆炸性新闻！

在这个城市

所有的酒窖

仿佛忽然向上和向外敞开了

有股老鼠和霉菌的气味

春天

慢条斯理地来了

五月

从一顶黑色礼帽

他掏出一捧鲜花

更绿了

普兰蒂 * 公园

围抱克拉科夫

在城里，一个美丽小巧

身段玲珑的修女

将笑容

挂在棕色枝条上

更绿了

更温柔了

男人们驻足

---

* 普兰蒂，位于克拉科夫老城周围的狭长公园。

惊呆的鸟陷入沉默

雨

凝视她的眼

落下

以为那是天堂

"我听着青草的沙沙声……"

我听着青草的沙沙声——猫轻柔地走在上面，仿佛
每棵草里都藏着猎物。猫是猎手——在一个狭窄的
树丛后他摆好姿势——磨砺利爪。他的眼如钩形半
圆，望着外面。他的皮毛，由你的抚摸造就，胡须
从牙齿的冷光中露出。他跳起，我的心就死去，像
火车车轮的节奏撕裂我们活生生的身体。

一只翅膀拍打着——但死亡的尖叫只是另一种痛苦
的回声——这就是为什么我平静翻过这一页继续阅
读。青草沙沙作响。

"我喜欢妻子们……"

我喜欢妻子们

她们丰腴的身体里充满感激

就像红色果实覆盖下的樱桃树

在路边果园里

树木

充满令人窒息的气味

娇小

在命运的重压下弯曲

她们逐渐变弱的身体里

大地之梦在沉睡

妻子们

柔软的手

爱抚着

小熊蓬乱的下颌

她们嘀咕着

继续生活在囚禁中

温暖的妻子们

踮起脚尖

带来睡眠

轻轻推开

蜷缩于床脚边的

蛇

在灯下梳着头发

背靠欲望的博古架

宛如从希腊古瓮中倾出

"我不怕你……"

我不怕你
你还活着，依然温暖
我的双脚，在讨好你

你最最温柔地
赞美嫩枝上吐出的那些绿舌

你向它们献上
湿润的嘴唇

它们轮流爱着你
雨和太阳

从眉毛的监视哨
我窥视着你的存在

"这是鸟声……"

这是鸟声

这是疯长的树的气味

在地球慵懒的转动中

黎明变为金黄

这是我的手

和你的手

这是欲望的冬青树

在我体内迅速生长

每天

以绿反对黑

我双手捧起太阳

我天天逼视它

我不离开它

即使在夜里

即使在梦中

黑暗属于生活的另一面

"在哲学的英语术语上我遇到了麻烦……"

在哲学的英语术语上我遇到了麻烦
——拉奥会耐心巧妙地向我解释

我可以存在或者不存在
当我存在的时候
好吧我存在
好吧我知道我存在

当我不存在时
我就不会知道
我的生长
我的柔美的胸围
或者太阳的膨胀

我什么也没说
我不认为

在深刻的专注里

我存在

最小的东西

从元素的结合里

产生小胚乳

从小胚乳

产生活的有机体

一朵花

一棵树

一只小猴子

一个人

元素的原子在舞蹈

这舞蹈

就是生命的血浆

一个微笑

一种痛苦

一个微笑

微小原子的粒子

在跃起之前

像猫一样伸展

跃起是张弓搭箭

一种波的密集形式

其中最小的那一个

是生命

还是死亡？

文明的某个方面

从石器时代

直接进入不祥的尘埃

他们喜欢石头

石头像身体

温暖且顺从于人类的手

但他们要开始面临物质的

交换如面对

每一次令人心悸的死亡

他们爱火

火消化肉体

但他们要开始面对庄严的

葬礼仪式

"一个天使是我的邻居……"

一个天使是我的邻居

他守护人类的梦

这就是他晚归的原因

我听见楼梯上安静的脚步

以及他折叠翅膀的

沙沙声

早晨他站在我敞开的

门前

他说

你的窗口

又亮到了

深夜

叶赛宁 [*] 之死

我注意到叶赛宁之死

在这个盛夏

在一个旅馆

大地绽放花朵

在窗户边

在桌子上

在纸片上

心灵的狂想

化为碎片

追赶

走近

观察根的沉默

根的激烈战斗

一种震惊

一种愿望

一种分量

围巾是丝质的

那么柔软

墙上的挂钩

从一个问号

冻成感叹号

窗边

麻雀叽叽喳喳

没有人知道

鸟儿如何死亡

撞上车子的比例

相对较小

挂在枝条上的鸟儿

雨中的鸟儿

羽毛垂在一侧

他与大地的引力搏斗过

把椅子拖到窗边

我注意到叶赛宁之死

在这个盛夏

在树叶的节日

在草地的节日

蟋蟀的管弦乐队

关于存在的主题

有着额外的绿色

围巾是丝质的

冰凉

那把椅子

带着记忆走向森林

一代又一代耐心的山毛榉

会在树干膨胀

一代又一代的叶子

没有沙沙声

树叶也许会落到地上

躺在一种暗淡的颜色中

在心灵的狂想里

没有人知道鸟儿如何死亡

立论

艾略特

以其对悲观主义的描述设下诱惑

你可以从当代诗歌的各种选集

清楚地发现这一点

悲观主义疯狂蔓延

驯化我们的思想

如野草驯化地球之表面

其合法性

被镜子

被积水的表面所强化

它们反映季节的变化

速朽的

自然的活力

个体

无关紧要

不过是树上摇曳的叶子

很难说

它有什么作用

它短暂地存在

它仅仅感觉

惊奇

于深不可测的水

你可以

从当代诗歌的各种选集

和超过三十岁的那些人眼中

清楚发现这一点

死

一个聪明人

看着你悲伤的面容

苍白的脸

对你一无所知

除了

你消除身体

你散播身体

铺张地

在风中扬起尘土

当他们敬奉你

你不情愿地

答应离开

你径直

穿过教堂

如一缕焚香

他们认为你不存在

但你存在

你存在

否则

怎样才是不存在?

对于自然主义者

你是生命一样的谜

对于唯物主义者

你是物质的转化

对于一个信徒

你是进入另一种存在的通道

对于我们受难者

你是解放

"这个女人的腹部……"

这个女人的腹部

生着毛须

这个女人的眼睛——两只森林小生物

不再到附近活动——却

越来越狂野

这个女人的微笑

本身就是天堂

这个女人的眼睛

仿佛顽皮的天使

一半被翅膀覆盖

一半没有覆盖

这个女人的命运

像一种果实

肉质的叶子

在冬天也用绿色说话

在坠落前

分散

这个女人已不在

这个女人已经离去

随身带着

绣在风铃上的名字

玛利亚

"斯基泰人是仁慈的……"

斯基泰人 * 是仁慈的

在他们的国王死后

用缎带勒死国王最爱的妃子

将她的尸体

扔进火葬的柴堆

她的头发便混合于

他双手的灰烬

她的细牙

便混合于他双唇的灰烬

当余烬暗淡时

他们再将温暖的灰烬

置于一只巨大的箱子

---

* 斯基泰人,又译西古提人、西徐亚人或赛西亚人。中国《史
记》《汉书》中称之为"塞种"或萨迦人。公元前 8 世纪
至公元前 3 世纪,生活于中亚和南俄草原,属印欧语系
东伊朗语族的游牧民。

埋葬

他们在碑石上雕刻草和花

让大风穿行其间

大都会艺术博物馆

在埃及展区外围斑纹虎列队在空走廊。克娄巴特拉以双手护眼，凝视太阳。折射光将世界沐浴在绿色和紫色之中。

天空下碧绿的叶子上克娄巴特拉身披紫袍。因国王刚去世她的身体裹在紫色里。

她将头甩向一侧，光滑的肩胛骨化成翅膀。裹在紫色里仿佛裹在回忆里。贪恋永恒，她以纤细手指奚落着斯芬克斯的下巴。他呜呜地叫。她的手肘扶在他的膝盖，凝成一幅清晰的肖像。

在她身边，时间被纤细的沙指抚摸——睡着了。

真实

如果我伸出双手

尽力伸

我将触及负载电流的

铜线

我将进作一阵雨

灰烬一样

落下

物理是真实的

圣经是真实的

爱是真实的

真实的是痛苦

"没有你⋯⋯"

没有你

像没有微笑

天空转暗

太阳

升得那么慢

用困乏之手

揉着眼

这就是一天——

草地上

醒来的蝴蝶

伸展双翅

双翅

立刻明亮起来

旋转成一种最纯粹的抽象——

色彩缤纷，色彩缤纷

为了爱情的朴素面包

朝着被打发去睡觉的天空

我低声祈祷

"你是空气……"

你是空气

蓝色的手

爱抚树林

你是鸟翅

不触及树叶

时间远航

你是落日

黎明

一个寓言

从一声叹息里发出

你是什么——

对于我——一泓清水

从坚硬的沙漠喷涌而出的清水

一棵松树——予人绿荫

一棵颤动的山杨——为我领受

寒冷——对于垂死者

你是太阳——迪乌斯 *

你——在每一颗星辰上亮着

你的名字叫爱情

***

* 迪乌斯（deus），拉丁语，意为神、上帝。

HALINA POŚWIATOWSKA

一定要活着——你说

一定要活着——你说——你是染上了花朵色泽的太阳的光。你是蜜蜂翅膀柔软的抚摸，是一片细长的草叶，甲虫的嗡嗡声——你说——活着吧。

花朵的色泽燃烧变成不太美丽的果实，但你的手指需要它，你的手指轻摸它温暖的皮肤。花朵的色泽消失了……蜜蜂的翅膀与风联合，带入蜂巢的阴影里你将饮用的蜂蜜。草叶酸酸的余味沾在你的嘴唇。你为一切辩护，为阴影和鸟儿，因为你需要一切。为什么你说：要活得像蜜蜂、像鸟儿、像树叶当这一切已都是你，和你。

那么，你说吧——为我活着，为了我可以亲吻，你的甘菊味道的手指，你的花儿一样的脖子。还有叶子一样的眉。还有嘴。

那么，我将用一只黄色的梳子梳理头发，然后靠在
枕头上，让我的双手平静。我将活着！为了你。

"对于我，你是一张方形的纸……"

对于我，你是一张方形的纸

而我的心恰好是方形

因此你是我的心

那不变的加速的节奏使这纸活跃起来

扩张到一棵树那么大

你的话语是叶

我的悲伤是风

你的话语色彩缤纷

迷乱我的眼

我的唇贪婪地抓住那些话

还有我的手

它把精致的信封撕成

碎片仿佛

撕着你跳动的心

两年过去了

大雪围困我的呼唤

鹅毛似的洁白被染成红色

气味已经模糊

只有那棵树——

记忆在轮转的绿色里生长

"需要唤起怎样的柔情……"

需要唤起怎样的柔情

才能除掉眼睛下的阴影

怎样的轻抚才能勾勒一条双唇的细线

如丰盈的月亮如花朵

怎样的爱情！

才能熄灭不安的火山口

那大地敞开的伤口

不想或不知如何治愈的

"亲爱的，你是盲目的……"

亲爱的，你是盲目的
所以我不怪你
而我有两只凝视的眼睛
却什么也没有看见

我凝视的眼睛
看不见你的心
我的完好的双手
抓不住你的心

你的心逃避我
像地球避开神
环绕在它
寂寞的轨道

所以你才那么遥远

遥远如银河

只有在夜里才可看见

那冷得无法入眠的夜

"我的影子是一个女人……"

我的影子是一个女人

我在墙上发现了这一点

波浪似的线条仿佛在微笑

臀部如一只鸟儿收敛翅膀

在微笑的枝条上歌唱

一棵开花的树

挂满绿鹦鹉

透过它们的翅膀

一只成熟的金橘

太阳闪耀在水滴里

在雨里

在挺拔的秃树上

在我的嘴里在敞开的胸前

眼睫如满月在闪烁

你将火柴的光焰

吹灭

把手放在我的肩上

我的影子是一个女人

在它走开前

"这就是激情……"

这就是激情

在黑暗的盒子里

沉闷的盒子里

小提琴因它而歌唱

就像黑夜

在光的壳体里

星星的指甲表明

光还活着

在你温暖的石榴般的词语里

有着蜜桃的味道

阳光的味道

在一棵树的绿网中

成熟

她侧身站立

在凋落的草地

向着我张开的双手

而我——双唇紧闭

以一种异国的语言教人们学习

这个词——严厉如死亡的

"爱情"

如果你不过来

世界将更加贫瘠
因为那份爱
因为那永不飞入
敞开之窗的吻

世界将更加寒冷
因为那红光
它突然流动
不会使我的面容焕发

世界将更加寂静
因为突然的敲门声
一颗心被打开
一颗因房门嘎吱作响
悬停在空中的心

颤抖的活生生的世界

将会凝结成

完美的形状

仿佛几何学的奇迹

"我仍然等着你……"

我仍然等着你

你却不会来

或者你来

也只是路过两天

像那个莫斯科医生戴一顶过时的帽子

对我笑一笑

然后消失在白雪覆盖的起伏的道路外

我没有试图拦住他

我知道当然

那不是你

我仍在等待仍在固执地等待

日子那么轻地抚摸着我

我的渴望是行星的渴望

冷极了渴望着太阳

你就是太阳

让我活下去的太阳

此刻又是夜晚

屋顶积雪

教堂细长的尖塔刺破天空

日子轻轻流逝谁知道去了哪里

"所有痕迹将从我的皮肤上消失……"

所有痕迹将从我的皮肤上消失

像指甲油从指甲上碰掉

而你会离开

像走上旅途

泪眼汪汪的三姐妹徒劳

以手召唤你回来

给你飞吻

信仰

希望

爱

有她们的信任

一个人可以横跨地球

尽管如此

我知道

你不会回来

"我等了很久……"

我等了很久
用手挽起头发
用孤独的手用手指
让头发耸起

我用爱抚用鲜艳的口红
欺骗我的嘴唇
我说你等着
吻会飞来
吻会蜂群似的
进入你玫瑰色的内部

我抚摸双乳
对那隆起的尽头低语
你等着——他会来的
在他双手的中空里

你会找到平静的港湾

还有那光滑的双腿
两座颠倒的塔
我对它们说了谎——他会来的
双腿颤抖着——相信

现在——我将一切扔进
镜子的凉水
仿佛扔进深深的池塘
然后转身走开并大笑

"我为什么洗净我的双乳……"

我为什么洗净我的双乳

对着窄小的镜子

梳理每一丝头发

我的双手空空

我的床空空

夜的薄薄的小刀

剪开结婚戒指

它挂在半轮月里

在孕育花蕾的苹果树下

我奋力挣扎

大风吹鼓了

浆洗过的睡衣

我的腹部是一个光滑的池塘

乳房——急流

抚摸让它们平静——抚摸——抚摸

光线虚弱的白昼

将发现我焦渴的嘴

我将不情愿地冷冷地

疯狂地亲吻它——它会离开

"如果你想留住我……"

如果你想留住我（你看我要走了）请把你的手给我

你的双手的温暖还可以阻止我

你的微笑也有磁石的能效，还有你的一句话

如果你想阻止我，只需叫出我的名字

听力画下鲜明的线

手臂是比光线更短的路

如果你想阻止我你必须赶快

叫喊，不然你的声音不会传进我的耳朵

请，赶快，请，不要拘束

我要走了我走后你只能徒劳诅咒地球

即使你用复仇的双手扼杀它，将我

褪色的名字刻在躲闪的沙上那又能怎样？

如果你想留住我（你看我要走了）请把你的手给我

给我呼吸（他们是这样挽救溺水者的）

我没有伟大的希望，我已孤独太久

尽管如此，请这样做，我请求，不为我，只为你自己

最后的诗

这是我给你

最后的诗

我说

不会再有了

然后

封上信封贴上邮票

把我平整方正的心

丢进邮筒

狭窄的槽

在邮筒周围

人们警惕地走动

他们问

那是什么——

是否一只鸟

飞进邮筒

翅膀拍打内壁

几乎就要

歌唱

"再一次我来到这里……"

再一次我来到这里

在这金色的

平坦的海滨

慵懒地仰卧

太阳

俯身向我

仿佛我的身体更像一个地球

我的身体什么也不再注意

除了它加重的棕色

没有哪棵松树

有你那样的头发

在我的手下

没有苔藓轻柔地

凹陷

没有鸟

在我攥紧的拳心里

像那样颤抖

也没有夜晚

像沥青一样黑

星星隐没

很快我将宣告一个世界

画出边界

为我的双脚和头发

一个可测量的世界

仿佛更像一个地球

一个跳动的地球

话语和爱之间

没有距离

你就在这个空间里

在话语和爱之间

没有任何秘密

只有爱这个词

这个词里的爱

我爱你，胜过世界全部的字典

"我的花园是痛苦的枝条……"

我的花园是痛苦的枝条

生活的枝条

夜里，它哭泣

召唤鸟儿鼓起翅膀

树叶间湿润的月亮

窥视着空空的巢

绿色的手指颤抖

攥紧风的咽喉

黎明

看得见的手指

在黑白的琴键上舞蹈

用一个深呼吸，我说——欢迎

用一只手我碰触我的嘴

用一个微笑——我给现实的色彩

带来可感知的形象

而最可爱之物，我在血中

书写——我

"据说哈丽娜·波希维亚托夫斯卡是一个人……"

据说哈丽娜·波希维亚托夫斯卡是一个人
将会死去同她之前的许多人一样
现在哈丽娜·波希维亚托夫斯卡正辛勤
耕耘着她的死亡

她还不太相信，但已开始怀疑
当她将左手伸入梦中，她的右手
便紧紧攥住一颗星辰——那活着的天空的碎片
于是光明渗出像血一样透过黑暗

然后她暗淡了，身后拖着一条玫瑰色的辫子
在一个危险而清冷的夜里，渐渐转暗
哈丽娜·波希维亚托夫斯卡——只剩下这点行头
这双手——这张不再饥饿的嘴

1958 年 11 月，费城

"赫拉克利特，我的朋友，你教会我……"

赫拉克利特，我的朋友，你教会我热爱火焰并可以在任何时刻去死。

自我第一眼见到你的文字——火焰正在消化它们——那打开蜡封之信的火焰，那吞噬城市的火焰，我知道，你是唯一的、真正的先知。你告知我痛苦，如同在另一个神话里天使向玛利亚告示痛苦。充满阳光的信念注满我的身体，现在我是你的乡下姑娘，我用我的身体和我的思想，滋养你的存在。

我在燃烧，哦，赫拉克利特，一天又一天，一个思想接一个思想。

我在燃烧。

"一只奶油罐，山谷里的百合花……"

一只奶油罐，山谷里的百合花

热切地枯萎

细长窗户外，细长高跟鞋的敲打声

智慧——修剪整齐的苗圃

这书架和这褪色的画

这散发香味的罐子

准确描述出

我的世界，我的有限世界踮足朝向天堂

当我想起你

它就出现在

鲜花与香气间

像有人懂得划破的手或脚

只需一点小心和一块碎布

就足以保证

伤口逐渐愈合

"在大都会博物馆……"

在大都会博物馆

在埃及雕塑区

我见过一尊雕像的碎片

鼻孔和饱满的嘴唇

雕像凿刻在坚石上

仿佛时间

我记得那块石头

嘴角的微笑

被沙子吞噬的一个女人的笑

透过一只金色的沙漏

我记得那些装饰品的光亮

是那光亮显示出了笑容

这么说——已有二、三、四千年了

我记得——沉思中我走下

花岗岩的台阶

二

三

四

毕竟我只有一个身体

我的身体是柔软的

头发是柔软的

还有嘴

因为我的体内有一个摆动的计时表

心脏精密的计时表

它有构造错误

因此，计时

失灵

而我的血液

疯狂地旋转

还有我的脚——就是此刻

到达极限，像雨水涨满的小溪

当我走上花岗石台阶时

我开始喘不过气来

两下

三下……

在大都会博物馆

在埃及雕塑区

那性感之嘴的微笑

在一个指示牌下

坚硬的石头

有着蜂蜜的颜色……

昨天

我的胳膊撞上门框

起初是剧痛

接着疼痛消失

留下一个紫色的斑点

一个破裂的血管

"我有脚、嘴和其他的一切……"

我有脚、嘴和其他的一切
一件压舱物，使我保持在生命附近
此外是"无限"——
我只能这样将它命名

心是一个掠食动物
饥饿的叫喊随处伴着我
在每个地方每个梦里
我给心脏喂食温暖的肉

"无限"穿过我

世界是可爱的

是无力，给照片里的

世界抹上口红

白雪给山谷的百合花扑粉

树木自有弯曲的睫毛

被圆月的 X 光照着

——这世界如此可爱——

大街上

街灯长长的影子

溜进栅栏的尖板条

一路沉默

在公寓门口——相反于

嘎吱作响的脚步

亲吻在绽放

你能听到吗？——和鸣

像山谷的睡莲

——这世界如此可爱

它在闭紧的窗口

另一边

"是的，心脏肯定是一个发明……"

是的，心脏肯定是一个发明，否则根本就不存在。心脏，它爱，它之所爱是短暂的，且无处不在。因此，这也许只是一个思想，一个指尖上的温暖，一缕飘逸的空气，一种嗓音的温润的色调，不过一种低语。所有童话，都以"很久、很久以前，有一天，有一个他或她"开始——所有童话——说说心脏。心脏，在童话故事里，称王称霸，到处横行，心脏有气概，如杀死九头蛇的骑士，像九头蛇一样不朽，在所有被砍下头来的地方长出十个新的头，像一座光滑的山一样不可征服，像恋爱中女人的眼睛一样恭顺。最后，心脏是真实的，像把它锁进里面的这个词——一个被判处孤独和渺小的死的终身囚徒。

"我的心是绝对的统治者……"

我的心是绝对的统治者

哦它凌驾于我

它就是我的全部世界

它淹没喷泉的水花

比鸽翅飞得更快

它坐在窗台上

然后从九层楼上

向下凝视

高兴地看着人的渺小

和自己的伟大

辑四

叫我的名字

*

"哦，我的心灵之鸟……"

哦，我的心灵之鸟

不要悲伤

我将投喂你快乐的谷粒

你风采熠然

哦，我的心灵之鸟

不要哭泣

我将投喂你温柔的谷粒

你会飞翔

哦，我的心灵之鸟

翅膀低垂

不要愤怒

我将投喂你死亡的谷粒

你会沉睡

"找到你——看着你……"

找到你——看着你——这不过是一个想象的前
廊——但是，我的被悔恨蒙蔽的感官已不能再进
入。我已想不起你的容颜——在绝望里，我的感官
已被玷污，像词语在墨水里。在我的体内，你的声
音不再歌唱——那里曾是最好的共鸣器。它不再歌
唱，因为孤独的叫喊，溺死了你口中坚忍的词语。

而我错放了你的手和你的嘴和你的所有，你离开——
为了在之后突然的剧痛中重生。

"路过苏醒的鸟儿……"

路过苏醒的鸟儿

不惊醒楼下

沉睡的房子

鞋后跟"啪嗒啪嗒"响

我要走了

我没有鸟鸣的吸引力

也没有花朵的颜色

或芬芳

我不能吹动树叶

我静静地看着

夜色消失

教一个死去的人爱

我用双唇带他沉睡的双唇

穿过寒冷

穿过僵硬的筋骨

穿过昏暗的夜色

固执地

唤回繁花盛开的大地

唤回吻之嫩芽

就像青草之嫩芽

"我的眼睛——不再是眼睛……"

我的眼睛——不再是眼睛

而是星星

在精心粉饰过的天空

我的皮肤——不再是皮肤

而是我窗外的雪

轻轻落在地上

我的爱——是根茎

膨胀

我的爱，深沉

黑色的爱

在烧焦的大地上，孤零零绽放

"告别时你说祈祷吧……"

告别时你说祈祷吧

我也这么说

哦，我忧虑的鹌鹑

在黑暗的痛苦中

啄食

是的很漂亮

哦，我恐惧的鹌鹑

在大蓟丛中

飞动

哦，鹌鹑——我死去的希望

生在巢中

冰冷的没有羽毛的雏鸟

"有一天伟大的和解将会到来……"

有一天伟大的和解将会到来

和书架一起

和画作一起

（还有电灯——想象力的小奇迹）

有一天伟大的满足将会到来

手和腿的渴望将被满足

（此刻我的脚仍然悠闲

沉浸在哲学里）

会有一片伟大的寂静

仿佛在整个交响乐队里

鼓声死了

死于心脏动脉瘤

"满抽屉珍贵的私人物品……"

满抽屉珍贵的私人物品
而我们慢慢、慢慢习惯了
小心触碰这个或那个
颜色、气味，气味、颜色
我们告别一片叶、一朵花，一朵花、一片叶
随雨水的溪流，流入深渊

流入时间、空间，无可比拟的无限
超越这界限分明的世界
这里一道篱笆，那里一道篱笆，树木发黑
鸟儿湿漉漉的翅膀紧紧缩成一团
鸟儿的心脏因恐惧而瑟瑟发抖

我们更轻柔地亲吻——更小心地
用智慧的手抚摸不能动弹的身体
烈火温顺如小狗蜷缩在我们脚下

火焰里有一种温柔的确定性闪耀

在灰烬之上——我们计划着分别

随雨水的溪流，我们流入深渊

"蝴蝶怎么办……"

蝴蝶怎么办？在我疲惫时，休憩于湖边狭窄的林中小路，那只常常坐在我左脚边的蝴蝶怎么办？我不担心森林或湖水，因为湖水总是活动的，流动着，起伏着，鱼在里面生活，还有甲虫，风不时拂过。而蝴蝶要被独自留下？蝴蝶，再没有人告诉你：你是多么美丽，在你天鹅绒似的翅膀里，有一轮蓝眼睛的太阳，如果没有它，这林中小路会是多么黑暗，正是在这里，我的脚和手存在过，还有我的微笑。如果没有你，我的微笑——我肯定——也会暗淡，所以我担心，我非常害怕，因为我们的关系如此紧密，如果没我的微笑，你也许不能存在。

"如今，我的家充满陷阱……"

如今，我的家充满陷阱

你最好别来

我的嘴唇如记忆一样红

我的手——如毛皮动物

我的眼睛——大海上的灯盏

我的双眼里的哀怨——由于外面阴沉

我赤脚而立，就在门边，我在乞求

我的整个房子，死一般冷

因为渴求，无比黑暗

"三天后日子将消失……"

三天后日子将消失
不留痕迹

为什么我要提起它
为什么要想起
身体的脆弱性
时间的流逝
脚底
溜走的沙粒

许多次
我走过青草萋萋的坟茔
我站在外面
它们——在那里
我无法与它们说话
除了

以文字

对那些褪色的照片

心怀感激

我无法想象

最初的错误

我们都必须独自挽回

"没有人确定……"

没有人能确定

存在不叫存在

那么死亡呢?

生物循环呢?

确定?

我们撒谎,说我们确定

没有确定

我们还能怎样生活?

每一天醒来

黎明

亲吻

拣起自巢穴落下的

尚未生出羽毛的雏鸟

看着太阳

眨眨眼睛

从太阳的光谱分出白光

说彩虹，彩虹

望着彩虹

写关于彩虹的诗

活着

我们确定，还是不确定？

我们拥有什么？

我们拥有

当我们拥有时所有

五月

缀满五月花的

五月

我亲爱的

亲爱的我

亲爱的

可爱的 *

我的

---

* 从"我亲爱的"一行起，诗人每行使用不同的语言，分
别用西班牙语、意大利语、英语、德语，表达"亲爱的"
的意思。

关于开始的知识

这是你的微笑

关于结束的知识

嘴角有小小的皱纹

我细细看着你的手，我的手，你的手

手

像受过训练的狗

忠诚

无助

于一种知识

它是确定的

它是

死亡

"我为自己竖起巨大的黑十字架……"

我为自己竖起巨大的黑十字架

我在爱的火焰中燃尽

拜占庭徒劳地

攥紧它脆弱的手指

殉道者的光环在空中滚动

火焰照彻大地

人们怔怔地望着

金星

他们认为他们懂了

"春天的颜色是绿色的……"

春天的颜色是绿色的
痛苦的颜色——是暗淡的
凝结的血在湖光里闪烁
月亮高高挂在天上

春天的颜色是金黄的
像云朵下摇曳的花
痛苦的颜色——是暗淡的
像云杉枝头沾着的口香糖

爱的颜色——红色
然而逝去之爱的颜色
袭来，寒气逼人
像最深处的湖水

一只蜻蜓的翅膀带着我

游弋在黑暗的水面上
爱情的颜色是金色的
像阳光下河流的颜色

停业盘点

亲吻将打折出售

直至呼吸停止

一分钱一打拥抱

然后日复一日的等待

日复一日的等待

夜晚

黎明

面包

痛苦

饥饿

太阳

雨

天空

空无

那么多日子

夜晚

在瞬间的链条中联结

捆扎

让那温顺得出奇

被驯服的女性气质

打折出售……

"我并没有回想起爱情……"

我并没有回想起爱情

爱情

是的她独自一人

没有屈从于时间的流逝

坚持着——

如果她真的存在便会一直存在

可如果她不存在？

海洋的沙漏落下沙粒

月亮不断变化着金色的脸庞

可怕的风吹动暗淡的阳光

没有怜悯

没有救赎

没有我们

没有

没有

"我们的可能性是巨大的……"

我们的可能性是巨大的

比如：我的内脏

我对它们一无所知

可以结成赫斯珀里得斯*的玫瑰

那种带刺的

玫瑰

而食道里的某个东西

可能堵塞

气管的小口

肺部

可能突然充满细小的刺痛

空气无助地颤动

街的对面

遥不可及的

---

* 赫斯珀里得斯，希腊神话里看守金苹果园的四姊妹之一。

红色信号

如道路转角处的警察一样惊恐

这就是为什么我说

一个人

可能死于一朵花

却对它一无所知

"叫我的名字……"

叫我的名字

我就会到来

哦灵魂我的灵魂

叫我的名字

不要问

我的名字是不是

一只路过的鸟的名字

或者大地上

一丛灌木的名字

或者绘在天空

血的颜色

不要问

我的名字

我自己也不知道

我寻求着

寻求着我的名字

我知道当我听见它时

我就会到来

即使在地狱深处

我也要跪在你面前

我将在你的手心

埋入我备受折磨的头

从医院的窗户

从这里可以看见风景
被一把小刀切开的
心之井中凝结的水
一股寒意
不可触及的天花板
玻璃

双手——十只失能的手指
被彻底放弃
它们是无用的
对于所有的
盲者

鸽子从云端飞下
善于抓握的喙
带着我的手指

飞走了，那么洁白

它们耀眼地飞进了天堂

"在怎样一所白色的医院……"

在怎样一所白色的医院

在怎样一所伤心的医院

你将找到我

我的手指和嘴巴

斯芬克斯坐在那里

猫一样蜷缩

克娄巴特拉

恋爱中

黄眼睛的克娄巴特拉

在怎样一所白色的医院

在怎样一张床上

你将突然看见

一个委屈的笑

你将见到伊索尔德

平躺着

品尝爱的长生药

拳头中

是一颗颤抖的心

在她的声音里

你将找到扎金黄辫子的那一个

在怎样一座绿色的墓园

鸟儿低语

你将在门口停下

低声自语：哦亲爱的

一朵黄色的愤怒的

毛蕊花将会升起

将满怀的鲜花

围到你的脖子上

然后死去

在怎样一座长眠的墓园

你将久久伫立

"这世界会死去一点点吗……"

这世界会死去一点点吗？
在我死时

我看着，看着
世界经过
在狐皮衣领里

我从未想过
我是那裘皮中的一根毛发

我一直在这里
它——在那里

然而，想到
在我死去时
这世界也将死去一点点
也是好的

动词变位 *

我将走过

你将走过

他将走过

我们将走过

我们将走过

雨水清洗了赤杨的叶子

水面上

赤杨

湿漉漉的

因霜冻

而发红

我走过

---

* 此诗采取了动词"走"的几种不同的时态变位，难以体
现在译文中。

你走过

它走过

总那么孤独

我走过了

你走过了

我们不再存在

只有更高的嘶嘶声

那是风

将永远那样吹拂

在我们之上

在水之上

在大地之上

"再见，你灰白的头发……"

再见，你灰白的头发

再见，你的眼——它们总能预见

给生活带来安慰的目光

再见，你弯曲的手指

握过黄蜡烛的手指

宣告似的泪水

落在苍白的双颊

有人低语着"和散那！"

你说过：明天

我将是一具枯瘦的僵尸

你将把我送进土里

生命穿着棉布拖鞋

悄悄逃出

夜——没有哭泣

她来了

透过张开的手指

我看见她——那么冷

在我鲜活的

身体里打盹

在你鲜活的

身体里睡着

有人低语着"和散那！"

"我们的时间就是期待……"

我们的时间就是期待
而等你是最好的
那么多夜晚
绽放在欢笑的天空

我们是同类
我们握着彼此的手
猫也在火炉旁沉默了
听雨点不断落下

雨点飞溅——那是你的双脚
穿过金色的水坑走向我
你的脸湿漉漉的——我要把雨吻掉
过来过来吧

到我温暖的手心里来

到我等待着你的手心里来

到我贪婪的嘴里来

像雨一样

关于你

在夜晚你是棕色的
在夜晚你是绿色的
你是黄色的在夜晚

你闻着馅饼
像压碎的金合欢叶
像甘菊像鼠尾草
叶子一样软

你的结满老茧的手
你的手不会再遭遇反对
你的手握着我的脖子

我的头发的忠顺
比一朵花的忠顺
更完美

一只蜜蜂迟迟跑来

在你眼前

低飞

嗡嗡嗡

在水池之底

圆月观望着

星星的喧嚣

你在夜晚是金色的——像夜晚一样

"每天……"

每天

我解剖我的身体

我掏出所有的内脏

检查

分开

欲望

渴望

痛苦

全然不关心政治

不合群

我蹲在

一堆肉前

像肉铺的屠夫

分开

欲望

渴望

痛苦

"这爱是一个判决……"

这爱是一个判决

被判了死刑

就要死去

短短两个月后

在这个以空间和时间为特征的世界

你将离开我

在这个以徒劳和必然为特征的世界

我无法用亲吻

将你挽留

"你说着——直到死……"

你说着——直到死

你说着——直到永远

如果你变成一棵树

我能期望你

来到我的窗口吗?

如果你变成玻璃窗格——那又怎样?

我也许可以用

舌尖去逗你

如果你变成风

也许我就是你吹拂的草

如果你变成光

我会是你照射的夜晚吗?

在白天——那又怎样?

你会是庇护我的一片巧云吗?

……轻轻

托起我疲惫的头颅

用灵巧的手指

爱抚我的头发

悄声说

我在这儿

"我将把这些气味发送给你……"

我将把这些气味发送给你，这些夜晚的芬芳，它们
被切开，通过我们之间，就像一条河从两岸之间流
过。树叶的沙沙声很响，树叶在枝丫间哭泣，怒号
着想解放自己，到那水面上颤抖的叶身边。只有鸟
儿会用翅膀触及那波浪，鸟儿会在银色泡沫中大
笑，它们一闪而现，然后嘴衔绿叶地飞过。而波普
拉德河*的夜空透过浓密的云杉注视着一切。青草
是柔软的——比我们伸出的手更柔软，它们忧伤地
摇曳，在永远流动的河面之上。

---

* 斯洛伐克北部河流，流经波普拉德市。波普拉德为斯洛
伐克的度假胜地，汇聚了诸多古迹和哥特风格的教堂。

"我想住在一只蜂房里……"

我想住在一只蜂房里

而不是这个城市

蜂房有着令人舒适的温暖和甜蜜

没有光

没有任何光

日复一日

夜复一夜

美丽无比，在我燃烧的眼睛里

在一只蜂房里

是一个呼吸着安静的椭圆空间

一只蜂房里，充满新鲜的叶子

一个人，因为自我怨恨而疼痛的

头和嘴——适合安顿在那里

温暖只在

那样的蜂房里——那用"柔软"建造的房子

温暖如一只蜜蜂的微笑

我知道

只在那里——而不是这个城市

"因为渴望诗被写出来……"

因为渴望诗被写出来

因为痛苦的渴望

那身体的果核，那充满歌声的果实

注视着孤独的手指

我能摸着绷紧的嘴

一口气写下五首诗

我自言自语

那些单词——被大水的节奏所左右

它们织成诗句

湿漉漉

流过我的脸，咸咸的

"我送他走进雾里……"

我送他走进雾里
送他走进落到睫毛上的雨里
哦他讲过河湾的
美妙故事
他用指甲在平整的桌面上
画出他的家
他给我描绘一个绽放的未来
像橙子——在他的手掌上

我送他走进雾里
送他走进落到睫毛上的雨里
那些自杀的雨滴
坠落消失
浸入干渴的草
像绿色的液体
我站在这里我站在巨大的孤独里
在异国赤裸的土地上

"我折断一根爱情的树枝……"

我折断一根爱情的树枝

将死者埋入地下

现在我看到

我的花园已经绽放

杀死爱情是不可能的

如果你把她埋入地下

她还会长出来

如果你把她扔进空中

她还会长出叶子的翅膀

如果扔进水中

她的鳃会闪亮

如果扔进夜里

她会反射光芒

我想把她埋进心里

我的心就成了我爱情的家

我的心打开它的门

心之墙回荡着歌声

我的心踮足而舞

我把我的爱情埋进脑海

于是人们问我

我的头为什么是一朵花的形状

我的眼睛为什么像两颗星星闪耀

我的嘴唇为什么比黎明还红润

我抓起爱情想将它打碎

但是我的手太柔软，我绞着我的手

人们问为什么我的手被捆着

我是爱情的俘虏

HALINA POŚWIATOWSKA

"我是那么爱你……"

我是那么爱你

我告诉河水

河水匆匆

流过锋利的碎石

我告诉阳光

阳光是

在我的呼吸下

演奏的竖琴

音乐

包围大地

像空气

我的双肺

在歌唱

我是那么爱你

大地分割成

金黄、蔚蓝——金黄

和突然的红色

像动脉破裂

血液

涌出大地

我是那么爱你

我将嘴挨近树皮

粗糙的树皮

以爱抚回应我

雏鸟

在巢中大叫

我是那么爱你

影子

轻捷的影子

城市空荡荡的街道

星星在歌唱

我是那么爱你

"她有向日葵的名字……"

她有向日葵的名字
向日葵在恋爱中常常
转过向着天空的头
无数金子似的瞳孔

阳光落进宽大的树叶
落进
一群蜜蜂

向日葵也是这样
投入蓝天
投入金黄的
嗡嗡声

梵高——活在
天使心中的人

他将向日葵种在画布上

命令它闪耀

"当我死去，亲爱的……"

当我死去，亲爱的

当我告别太阳

变成一个长长的悲哀之物

你会将我拉近一点儿

你会抱着我

修复被野蛮的命运破坏的一切吗？

我会常常想起你

我会常常给你写信

写傻傻的信——饱含爱和微笑

然后我会将它们藏进炉子

让火焰在字句之间跳荡

在它们平静地化为灰烬之前

亲爱的我看着火焰

我在想——我的渴望爱的心

将会发生什么?

所以请一定不要让我

最终死在一个

幽暗而冷清的世界里

HALINA POŚWIATOWSKA

"在山谷百合花的芬芳中……"

在山谷百合花的芬芳中，伤口痊愈
大地的缝隙却在无底的空洞里裂开。
地球有确定的形状和质量，围绕着轴心
和一颗更著名的星球——太阳——运转
而——太阳是银河系里最复杂的一颗
金色星球。在姆列特湖*上，银河蜿蜒
细长、精美，仿佛一只鸟儿的绒毛。
在黑色、无底的姆列特湖上，星光摇曳。
在山谷百合花的芬芳中——伤口敞开。

---

*　在今克罗地亚境内。

给我的诗

哈希乌·哈希恩科 *

不要怕

你有漂亮的嘴唇

漂亮的眼睛你知道——

你会抿住那样漂亮的双唇

你会闭上那样漂亮的眼睛

你会将你的手攥成小拳头

哈希乌·哈希恩科

你有过一条裙子，圆点图案

你有过

你喜欢搭配项链

你喜欢

这座夜晚来临的城市

你爱它——是的

---

* 诗人的波兰语小名。

看——

它并非那么遥远

他们说——天空

看——就在附近

他们说——黑夜

而你——将回到这座城市

你将和一个名字一起

在双唇间绽放

哈希乌·哈希恩科

该走了

好，让我们走吧

"因为花的缘故……"

因为花的缘故

我送爱人到了南极

在我送走他后，我的嘴唇变硬

无法再从清泉中饮水

即使我把头弯得很低

这是因为花儿

没有绽放

因为鸽子的缘故

它们的羽毛突然暗淡

不再是太阳下的金色

它们的羽毛变黑

好像没有星光的夜

一开始就是盲目的

因为鸽子的缘故

我的爱人没有了手指没有了双手

不能再爱抚我了

我的房子被树枝包围

在风中摇晃——我等待

我凝视

仿佛他还会从那里归来

用他那不存在的手

带来灿烂的花朵和鸽子

我等待，凝视

"这些孤独的墓地，就像我们……"

这些孤独的墓地，就像我们，它们和我们在一起，仿佛住在我们心里。一个可以倒过来的悖论，因为也许是我们被安置在它们里面。当用一根手指勾勒我们身体的轮廓，我们不忘那种在低处的天竺葵和置于头枕的沙漏。一棵弯曲的桦树的低语，它善于吸收的根系，多汁的绿叶。在亲吻你的额头说晚安，俯身你左边的眉毛，我想起一座小教堂，有一个简朴的木十字架。泥土的气味……

在时间和空间里

在阳光照耀的尘土里——春天正在来临——在流云绕过的一条道路上，沃尔特说：我爱这片土地。他张开的嘴唇中间，锋利、坚硬的牙齿露出，仿佛一条河乱石嶙峋的布景。

在群鸟纷飞的空中，它们的翅膀翱翔在垃圾箱令人窒息的恶臭之上，沃尔特说：自从娶了我的妻子，我从未再碰过另外一个女人。

在此充满绿色温暖之血的风景中，植物在平顶的房屋向道路俯身，沃尔特说：我有一颗流浪者的野性灵魂，而一个女人的手驯服了我，我就像一棵树长进大地。我知道如果我走了，她会留在那，她的嘴唇会因悲伤而扭曲，她的脸颊埋进修长的手。所以我对道路说，等着，我用我反射她双眼温暖颜色的目光，捆起我不耐烦的脚。

"有时我回到那里……"

有时我回到那里

登上高高的台阶

我的呼吸轻便

像一只被俘的蝴蝶

他们都在那里

我对他们说话

像圣人对鸟儿

我的鸟儿

无论你们在哪里

你们都很好

而我与你们在一起

我们团结一致

像在一座花园里

我们一起开花

我们从树上落下

一场大雨席卷我们，通向丰收

我们等待着

最好的词语

噢，兄弟，鸟儿

你们的啁啾打破了

沉默的禁锢

我来了——我和你们在一起

"亲爱的……"

亲爱的

我将为你舞蹈

在词语中间、在蝴蝶中间

我将从悲伤的树林中

从月亮镀银的柏油路上

从落进我手里的

雨中，挑选出闪光的事物

像被举到嘴边的孩子的玩具

我将不会告诉你

因为你的耳朵不是用来

倾听我被俘虏的词语

而是要与你的微笑

绑在一起的

我将轻轻走过

因为兴奋而狂野

然后静静躺在你的脚下

请俯身

那么多的金子，那么近

"我看见最后一只蜜蜂……"

我看见最后一只蜜蜂。她在晒太阳，在一缕阳光里被催眠，仿佛那是生命本身滚动在平静的苍穹。

她举起轻薄精致的翅膀，在那倚靠沉重的头。她的眼睛紧闭。她的双脚——通常是灵活的——受制于惰性和迟钝，而那微小条纹的跳动，证明她仍活着。

她在一天的工作——或一个夏天的辛勤忙碌后休息，在秋天垂死的太阳下取暖。我安静地坐在她旁边，以免吓跑她。我问：

你一生做了什么？
酿蜜——她咕噜着
没有抬起翅翼
酿蜜好吗？
哦——很好

就只酿蜜？

是的——她用充满芬芳的

绿眼睛看着我

耸了耸肩

蜜——它是生命

现在你要离开吗？

哦是的——现在我要变成一团绿色的蜂巢

飞舞的尘埃——永恒的嗡嗡声

你不会想念生命吗？

不

我的储藏室装满流光溢彩的蜜——那里

气味和颜色孵化出越来越多的

蜜蜂

她们发出嗡嗡的叫声

她沉默了

空气在颤抖

被那些昆虫振落的小翅打动

"我是花朵……"

我是花朵

我是飞鸟的翅膀

风住在我里面

当它展开

我便抓住它

春天的绿雨

唤醒我

我揉了揉眼睛

我是绒毛，我是肉

我是地球厚厚的织锦

我抬起头，睁大眼

我用我的手攥紧

碧绿的天空

我用有力的牙齿

咬紧一根树枝

我是微笑——我是痛苦

在我的额头上

它们刻出一个三角形

我是灯光，我是月亮

我是爱情，简单如一棵树

我是大地，黄金在我的手心绽放

"我想再见你一次……"

我想再见你一次

再见一次

在夜晚来临之前

我还想再活一次

甚至两次

这样我也许能见到你

那种痛苦

就能把我从这白热的沙上

带走

还有这雨

四月天气的雨

她气喘吁吁

忠实地追赶着

我所有的轨迹

在弯道上我转头

我大喊

没有你，她最好不要来

来自尼日利亚的鲁弗斯讲述他的第一个女友

她像太阳一样白

我爱她

在夜晚

我把她的手放在我闭上的眼睛上

于是夜晚成为白天

晚上

她来找我

在干燥的海滨沙滩上

那时海水上升

高及我的脖子

大海转为

模糊的青蓝

拥抱我

带我进入

她张大眼睛

暴风雨袭来的天空的颜色

就那样注视着

"在南方温暖的海水中海豚椭圆的身体……"

在南方温暖的海水中海豚椭圆的身体

聪明的女人说：生活是美好的

沙滩上，一辆汽车驶过

我听见发动机的轰鸣和姑娘们的笑声

聪明的女人说

水是温暖的

我伸出我的手

我触摸水

太阳从热沙中吸取水分

善良的女人递给我水

（像撒玛利亚人*在井边聆听敬爱之人的唇）

苗条的女人说：这是爱

---

* 《约翰福音》第四章中，耶稣在离开耶路撒冷到加利利去
的途中经过撒玛利亚，他在一口水井边休息，并请一位
撒玛利亚妇人给他水喝。

她的眼睛碧绿如水

她的微笑温暖如太阳

在咸涩的海水中海豚椭圆的身体翩翩起舞

女人说：生命爱水

一副长髯的古代哲人们披着红色装饰物

缓缓漫步在白色的雅典阿哥拉 *

我的双唇是湿润的，我的双手善于抓取

我在想：我为什么不再试一次呢？

在温暖的南方海滩多么容易相信

当太阳像猫一样蹭着皮肤

当皮肤因海水和太阳亲吻而不停颤抖

海豚的身体呈现椭圆形像太阳

不可捉摸像爱情

碧绿像海水

---

* 阿哥拉，原意为市集，泛指古希腊以及古罗马城市中经济、
社交、文化的中心。通常地处城市中心，为露天广场。

"当苏格拉底喝下毒药……"

当苏格拉底喝下毒药

树在跳舞

炊烟在唱

一条细纹

飘动在烟囱之顶

当苏格拉底

一滴一滴喝下毒药

房子

在阳光下静立

一派庄严

当苏格拉底

在最后一个问题后

画上一个句号

世界

在一根丝线上摇曳

打着哈欠

"自从我遇见你……"

自从我遇见你，我就在口袋里装一支口红，在口袋里装一支口红很傻，当你那么严肃地看着我，仿佛你在我眼中看到了一座哥特式教堂。但我并不是什么礼拜的教堂，而是一座森林，一片草地——叶子颤抖，叶子落到你的手上。在我们的身后，瞧，一条小溪，它就是时间，它就要耗尽，你让它流过你的手指，你不想诱捕时间。当我向你道别，未化妆的嘴唇还没有被你触及，但我依旧始终在口袋里装着一支口红，自从我知道你有一张非常美丽的嘴。

"当伊索尔德快要死去时……"

当伊索尔德快要死去时，特里斯坦俯身于临终医院
的床前，用他柔软、冰冷的手抚摸她燃烧的前额。

他将自己的呼吸给她，伊索尔德从她爱人的呼吸
中，饮用生命。他抱着她低垂的头，颈项，苗条的
后背。她那消瘦的锁骨，随着她的呼吸疯狂地抬
起。心跳很快，不均匀。伊索尔德将手指紧紧绕住
特里斯坦的手。

跟我说话——她恳求——我要听听你的声音。
我还能听见——她会说。

特里斯坦陷入沉默，她死了，失明的伊索尔德，嘴
巴抵在爱人的手中。

多么温柔而冷酷。

辑五

是的，我爱

✿

巴格达

他们说：巴格达

盛开的城

如一千座花园

拱形塔

雄人鱼装饰的门

台阶

台阶

礼拜堂

着魔的城市啊，如花怒放

树叶爬满

修长的树枝

最初的黎明升起前

花朵张开嘴

亲吻飞出，嗡嗡

如金黄的蜜蜂

我取下头发上的别针

以我的长发覆盖你的脸

为了让你活下去

在这着魔的城市

巴格达……

"希拉，你有褐色的手臂……"

希拉，你有褐色的手臂

温暖

如蛇，它们缠绕

恋人的颈

希拉，你有双唇

蜜蜂在上栖落

金色甲壳虫以嗡嗡声

讲述它们

酸甜的故事

希拉，你有皮肤

如生动的

丝绸织物

在它下面，是一张

浅玫瑰色的血之网

希拉，你神情黯然

睫毛触及他的脸——

他躺在你的怀中

孩子一样无助

西洛可风

西洛可风[*]将我们抛到海滨

我的头发浸透海水

我叠放进草丛的腿

有着黄春菊的气味

向天空发出挑战

山间的焚风

燠热，无声无息地吹拂

桦树摇曳

白杨低语

云杉晃动

你俯身于我

你的脸在风中，在叶子间

---

* 西洛可风（sirocco），欧洲南部的焚风。

吞噬

我唇角固执的痛苦

——开怀大笑吧

——不要这样

——开怀大笑吧

你把我的头按进水里

像西洛可风将柳叶浸入水中

在波普拉德

"在成为一轮满月前……"

在成为一轮满月前

她懊恼于纤细的镰形

她以弯曲的半圆引诱

她将于薄暮时分

显现

丰满

盛开

她将预言

奇迹

倚在一堵墙上

他已成熟

如果实

挂在深绿的树枝

夜里

他将满月

一分
为二

折断脖子

生命如此漫长

床头几祭器台古董架倒塌

漫长的生命

桌腿在桌下跺脚

漫长啊

墙上画摇晃坠落

漫长漫长漫长啊

人行道蜿蜒如钩

曲折如蛇

有一个断裂的脊

生命如此漫长

窗框吱吱作响

玻璃

破碎的玻璃

漫长啊

如声音倾泻而下

生命漫长

这是什么——

血

他自窗台跳下

五——楼

生命如此漫长

"我要得更多……"

我要得更多

比发黄的白杨要得更多

在银灰的道路上

满眼七月的尘土

我要你

在我赤裸的身体上

在我化为灰烬

如雨飞落的眉毛上

那么不安，树在低语

日复一日

树在静静地笑

夜啊

像夜色在我分离的手上

像温暖的夜

像湿润的露

来吧

"你会说：你有长长的睫毛……"

你会说：你有长长的睫毛

从这儿到天上

我不喜欢那么长的睫毛

——而我笑了——

你会说：你有纤细的双脚

细得能藏在我的手心

我不需要

——而我笑了——

你会说：你有一种笑

像不被允许的

蟋蟀的翅膀

——而我笑了——

你会说：你穿着薄薄的小裙子

整个像微风

——而我笑了——

后来

在一株黄色毛茛的边沿

我让你躺下，在一条小径

一只巨熊

竖起全身的皮毛

我在草丛跪下

而你什么也没有说

"片刻之前，他们说起他……"

片刻之前，他们说起他——瘦小

自私、肤浅

现在，沉默覆盖了他们说过的话

有人温和地提起

这个人，一周前

亲手结束了生命

匆忙地

一个锡纸的花环

在沉默中编织

然后，讨论继续——

关于诗歌的最新进展

名字

你死了

现在

我每天祈祷

对着你散落的头发

噢，美好的生之精灵

噢，沉默的人

你的凝视

不再苛刻

你也不会再发出声音对抗

我们紧闭的嘴

噢，大地

金黄的、摇荡的大地

我的手探着你

你是多么

仁慈

无限

美丽

经由我的嘴和我的手

——妹妹——

我叫你妹妹

我把你从水里抱起

我的手臂抱着你

我把你安放在沙地上

让你变干——噢，英格

萨斯卡娅

萨斯卡娅

你为何死去？

你手指的形状不够完美？

你的嘴——不够光鲜？

你的耳饰——缺少光泽？

你曾经多么光彩美丽

天光

仿佛爱人的目光拥抱着你

萨斯卡娅

你为何死去？

在深深的迷惑中

我望着你的鞋

我的手温暖着你冰凉的项链

我把珍珠扔给鸽子

叫它们像谷子一样吃

愚蠢的鸟

它们高视阔步

伸着鼓胀的喉咙

形状颜色光彩

一切

你的眼中所缺少的

唯有珠宝

闪亮如往常——死的

寡妇

她真的悲伤吗？

或者只是乌鸦一样体贴

她用印花手绢抹去泪水

当她往手提箱里

放入手稿时

她的两眼僵直像金属

妻子？

寡妇

她将遗弃的衬衣

连同内裤塞进柜子

一件单色的汗衫

一切都是

死的——无人需要

然后——她将鲜花

放到蒙尘的桌子上

背起格子花呢背包

独自离开

在门后，向逝者低声说

"再见"

"我对树说：噢，树……"

我对树说：噢，树

我说，你好

你众多的叶子，褐色的枝

缠绕我双手的叶柄

对大风柔顺

被太阳抚摩

月亮亲吻你的眼睫

噢，树，你好

我的脸颊偎依一片叶子

我感到血液的脉动，在我和你的体内

要爱，我说

要爱——你答

你爱着——我说

你爱着——

我们通过爱存在

我们是爱

在广大空茫的天空下

我们绽放在碧绿的五月

埃及

她的臀多么圆润——他说——她的腰那么窄，一点
儿没有棺木的气味。她有尘土的气息——黄色的蜡
烛许久前就已燃尽，黏稠的蜡滴只是线索。她赤裸
手臂躺着，手握一卷莎草纸的文书。他用手指抚摩
她——她一动不动——小巧的嘴依然紧紧地闭着。
他轻轻推了推她——慢慢地她抬起沉重的眼睑——
让我睡吧——她低语道。莎草纸沙沙地响。

"我的指间只有一点春天……"

我的指间只有一点春天

头发里只有一丝风

微笑

颤抖着散落

在水上

我不富有

于是，克罗伊斯 * 来了

身着紫袍

从天堂无底的深邃里

取来一枝黄金花

百万颗星辰

在丁香树下

---

* 克罗伊斯，吕底亚国最后一位国王，以富有著称。

舞蹈

我取走这些星辰

钉上我的绿色衣裙

让它们大放异彩

在温暖柔和的夜晚

你看见我

身着礼装

你停下

目眩神迷于我的富有

你悄声说

我爱你

你说——

我买来了爱

用天堂的

百万颗星辰

"此刻，我还在……"

此刻，我还在
面对着他
而我知道
他面对着我

彼此热切地对视
我们构成此刻

永别的日子
就是此刻

"等你……"

等你
一项无止境的使命

用阴沉的阳光
建造你的嘴
长发
手指

讲述你的故事
向飞过我床榻上方的
一只乌鸦
向它诉说
也向它被光滑梳理的双翅
叫出我的惊恐

"我们没有交谈……"

我们没有交谈

椰枣树上，鹦鹉

尖叫着，用不同于

青草和叶子的语言

我们是同一

枝头上的叶子

我们摇曳着，斑斓

我们摇曳着，优雅

我们将要分离

如果这是风的错

我诅咒风

但太阳还在那里

那么固执

它使我们的心变得金黄

直到从树上像灰尘一样

闪烁着，匆匆

落进沙里

穿过黑暗去见她的爱人

我不怕蛇

不怕夜晚

我非常怕

要不是我记得

爱人的眼

要不是我记得

爱人的手

我会胆怯地

跑开

夜晚漆黑

蛇松垮垮地挂在夜晚的树上

我穿过
蛇和黑暗

我记着
他的手
他的眼

"海帕蒂娅轻轻画出睫毛……"

海帕蒂娅轻轻画出睫毛

那么适度———道浅紫的

阴影出现在苍白的面颊

朝迁移的鸽群，她倾撒

词语的红色谷粒

走过树林时

她向它们点头致意

一种绿色的惊愕在她体内生长

一种绿色的惊愕抽出枝条

她这样活着

而只是死于

爱情

HALINA POŚWIATOWSKA

"哎，关于她你知道些什么……"

哎，关于她你知道些什么
她的长发席地
几乎触及你的双脚

她的双眼
因眼影而放大，就像因为爱
闪耀在你
无垠的长空

你从未企及
她的美

只有在你睡着时
你伸展双臂——那样阔大
她才突然
变小

为了进入

你攥紧的拳头

HALINA POŚWIATOWSKA

八月的最后一天

今天的风有着南方的颜色

让我想起你的呼吸

——三年前——

吻干的嘴唇

蒙尘如尼日利亚的腹地

我的爱人就是尼日利亚的腹地

我们相爱了炽热的三个月

不可分离，像一个人和他的影子

我的手指织进他的手心

我的肺腑跟着他的呼吸歌唱

我白净的手为他抹去额头的灰尘

夜晚他的头挨着我的头盛开如

亚热带的花朵

他向我讲述尼日利亚和煦的夜晚

海浪轻轻拍打黄金海岸

星星落进手中的杯子

我倾听着，嘴唇不曾离开他的手

三年前

海洋离开了我

黄金海岸已经转暗

金色的星星熄灭了——纽约闷热的夜晚

我的身体转凉

仅仅有时候

天空因寒气而变白

大风点燃一轮无情的黑太阳

"我们由黑暗的音节组成的翅膀

将如天使一样沙沙作响"

一頁 folio

始于一页，抵达世界
Humanities · History · Literature · Arts

出品人　范　新

监制策划　恰　恰

特约编辑　王韵沁

营销总监　张　延

营销编辑　戴　翔

新媒体　赵雪雨

版权总监　吴攀君

印制总监　刘玲玲

Folio (Beijing) Culture & Media Co., Ltd.
Bldg. 16-C, Jingyuan Art Center,
Chaoyang, Beijing, China 100124

一頁 folio
微信公众号

官方微博：@一頁 folio ｜ 官方豆瓣：一頁 ｜ 媒体联络：zy@foliobook.com.cn